景德镇学院学术文库
JINGDEZHEN XUEYUAN XUESHU WENKU

U0600229

杜甫

诗歌语言艺术

韩晓光 著

江西高校出版社
JIANGXI UNIVERSITIES AND COLLEGES PRESS

南昌

图书在版编目(CIP)数据

杜甫诗歌语言艺术 / 韩晓光著. -- 南昌：江西高校出版社，2025.4. --（景德镇学院学术文库）.
ISBN 978 - 7 - 5762 - 5497 - 6

Ⅰ. I207.227.423

中国国家版本馆 CIP 数据核字第 2025HK7199 号

策 划 编 辑	陈永林	责 任 编 辑	肖　颖	
装 帧 设 计	王煜宣	责 任 印 制	李香娇	

出 版 发 行	江西高校出版社
社　　　址	江西省南昌市新建区工业二路 508 号
邮 政 编 码	330100
总编室电话	0791 - 88504319
销 售 电 话	0791 - 88511423
网　　　址	www.juacp.com
印　　　刷	江西新华印刷发展集团有限公司
经　　　销	全国新华书店
开　　　本	700 mm × 1000 mm　1/16
印　　　张	15
字　　　数	164 千字
版　　　次	2025 年 4 月第 1 版
印　　　次	2025 年 4 月第 1 次印刷
书　　　号	ISBN 978 - 7 - 5762 - 5497 - 6
定　　　价	68.00 元

赣版权登字 -07 -2025 -73

序　言

　　杜甫是中国文学史上最伟大的诗人之一。他不仅以其渗透在作品中的崇高的人格力量感染着后世的诗人与读者,也以其强烈的现实主义精神与杰出的诗歌艺术成就滋养着后世的诗歌创作;与此同时,他在诗歌语言方面所作的开拓与创新也推动着后世诗歌语言的成熟与发展。前人曾由衷赞美杜诗"无美不具,无奇不臻,横绝古今","得造化之妙"。可以说,杜诗代表了我国古典诗歌语言的最高成就。"为人性僻耽佳句,语不惊人死不休",这正是诗人创作态度的真实写照。

　　千百年来,历代诗人与学者关于杜诗的研究成果甚丰。这些成果大多着眼于杜诗的思想内容、创作背景、风格传承、版本校勘以及对后世的影响等方面。相对来说,关于杜诗语言本身的研究则薄弱些。诗歌是语言的艺术,离开了对诗歌语言形式本身的深入研究,是很难准确把握杜诗中丰富的情感蕴意与审美趣味的。葛兆光先生在《汉字的魔方》一书中曾说过:"阅读也罢,批评也罢,都是通过文本语言与诗人对话","只能通过文本语言的显现与指示重构诗人心灵话语,在这场跨越时空的对话中文本的语言是唯一的凭据"。因此,在杜诗研究中重视语言批评方法的运用是十分必要的。

韩晓光教授一直在高校从事语言学与诗歌教学,对杜甫诗歌情有独钟。近年来,他致力于杜诗语言的研究,已完成专著《杜甫诗歌语言艺术》,图书即将出版。图书运用语言批评的方法,对杜诗的语言形式作了多方面、多层次的探析,较为准确地揭示了杜诗的语式特征及其审美效应;尝试着从一个新的角度阐释杜诗艺术魅力的形成机制。相信图书的出版会对杜诗研究乃至古典诗歌研究带来有益的启示,产生积极的影响。我与晓光君既是同行,又有着共同的爱好。虽彼此之间仅为淡如水的文字之交,然平日书札往来中颇有"同声相应,同气相求"之乐。今逢其新著付梓,问序于我,爰缀数语,聊以为序。

王泓冰

2005 年 3 月于成都寓所

第一章 遣词——"词华倾后辈"

第一节 重字运用

　　所谓重字，是指一首诗中重复出现的字词，也叫复辞。⁽¹⁾这在古体诗中是比较常见的。如杜甫《乾元中寓居同谷县作歌七首》之三："有弟有弟在远方，三人各瘦何人强？……鸣呼三歌兮歌三发，汝归何处收兄骨？"诗中"有""弟""何""歌"皆重用了两次，"三"重用了三次。这种现象在近体诗中出现得相对较少，这是因为近体诗字数、句数都有较为严格的限制。为了使诗歌表达的语义更为凝练，营构的意象更为丰富，诗人们在创作时一般都尽可能避用重字。前代诗论家曾指出："唐人忌重迭用字。"⁽²⁾唐以后的诗人同样如此。王力先生在《汉语诗律学》中也说过："大致说来，诗人是颇注意避重字的。例如杜甫的诗里，重字的情形就很少。现在只能举出杜诗中的一个例子。"⁽³⁾他所举的例子是七律《曲江二首》："一片花飞减却春，风飘万点正愁人。且看欲尽花经眼，莫厌伤多酒入唇……"诗中首联出句与颔联出句均重复出现"花"字。王力先生还明确指出："所谓避重复字只限于两种情形：（一）在律诗的中两联里，出句的字不宜与对句的字相重。（二）凡不同联的字，尽量避免相重。"⁽⁴⁾但如果用这两条标准来考察杜甫的近体诗,所得出的结论与王力先生的判断似乎不尽吻合。例如五律《得舍弟消息》的颔联"汝书犹在壁,汝妾已辞房"中出句重复出现了"汝"字。至于不同联中出现重字的就更为常见。除《曲江二首》之外还有许多例证。如《十二月一日三首》首联出句"即看燕子入山扉"与尾联对句"重嗟筋力故山违"中重用"山"字;《卜居》颔联出句"无数蜻蜓齐上下"与尾联对句"须向山阴上小舟"中重用"上"字;等等。杜甫是一位既转益多师又善于创新求变的伟大诗人。他的近体诗"命意创格,与诸家不同"⁽⁵⁾,充分体现出他独特的审美追求。重字的运用在他的近体诗中其实并不少见,形式也灵活多变。其中有些重字是由于创作时偶尔"失检"所致,但在大多数情况下则是诗人"有意为之"的。这些重字的运用显然有助于诗歌语义与情感的表达,对此应进一步作具体细致的分析。

有两点需要先说明一下:(一)本书所谓的重字,指音形义完全相同的字词,如《曲江二首》中的两个"花"字。如果是形同而义不同的字词则不能视作重字。如杜甫《夔州歌十绝句》:"群雄竞起问前朝,王者无外见今朝。"这出、对两句中都出现"朝"字。看似重字,但前者读 cháo,意思是"朝代";后者读 zhāo,"今朝"意即"今天"。两者意义均不相同,属同形词,不应纳入重字运用的范畴。(二)诗中常见的迭字,如"穿花蛱蝶深深见,点水蜻蜓款款飞"(《曲江二首》),"村鼓时时急,渔舟个个轻"(《屏迹三首》)中的"深深""款款""时时""个个",虽然从表面形式上看似乎也是重字,但实际上这类迭字或是由两个相同音节构成的迭音词,如

"深深""款款";或是两个相同的单音词构成的词组,如"时时""个个",因此也不应纳入重字的范畴,本书对此亦不赘述。

从出现的范围考察,杜甫近体诗中的重字运用有以下三种情况。

(一)用于一句之中

这里所说的"句",是指格律句,即五言句、七言句,而不是语法意义上的句子。

1.黄四娘家花满蹊,千朵万朵压枝低。

《江畔独步寻花》

2.元日到人日,未有不阴时。

《人日两篇》

3.春日春盘细生菜,忽忆两京全盛时。

《立春》

4.堂前扑枣任西邻,无食无儿一妇人。

《又呈吴郎》

5.旧日重阳日,传杯不放杯。

《九日五首》

6.自去自来梁上燕,相亲相近水中鸥。

《江村》

(二)用于一联之中

1.朝回日日典春衣,每日江头尽醉归。

《曲江二首》

2. 江月辞风缆,江星别雾船。

《江边星月》

3. 鹅儿黄似酒,对酒爱新鹅。

《舟前小鹅儿》

4. 不是看花即索死,只恐花尽老相催。

《江畔独步寻花》

5. 故人南郡去,去索作碑钱。

《闻斛斯六官未归》

6. 梅蕊腊前破,梅花年后多。

《江梅》

(三)用于一篇之中

1. 金华山北涪水西,仲冬风日始凄凄。　　　　（首联）

　　山连越巂蟠三蜀,水散巴渝下五溪。　　　　（颔联）

《野望》

2. 春日春盘细生菜,忽忆两京全盛时。　　　　（首联）

　　盘出高门行白玉,菜传纤手送青丝。　　　　（颔联）

《立春》

3. 吹笛秋山风月清,谁家巧作断肠声。　　　　（首联）

　　风飘律吕相和切,月傍关山几处明。　　　　（颔联）

《吹笛》

4. 无数蜻蜓齐上下,一双鸂鶒对沉浮。　　　　（颈联）

东行万里堪乘兴,须向山阴上小舟。　　　　　　（尾联）

《卜居》

5.即看燕子入山扉,岂有黄鹂历翠微。　　　　　　（首联）

他日一杯难强进,重嗟筋力故山违。　　　　　　（尾联）

《十二月一日三首》

6.江水东流去,清樽日复斜。　　　　　　（首联）

亭景临山水,村烟对浦沙。　　　　　　（颈联）

《陪王侍御宴通泉东山野亭》

以上采例范围仅限于狭义的近体诗,即五律、五绝、七律、七绝。若将考察范围扩展到排律,那重字运用就更多了。仅以《秋日夔府咏怀奉寄郑监李宾客一百韵》为例,诗中"不"字重用六次,"云"字重用三次,"犹""佳""为""自""飞"等字皆重用两次。排律篇幅相对较长,重字出现在所难免。由于这类重字基本上不属于"有意为之"的,故本书亦不作采例分析。

诗歌是语言的艺术。在诗歌中语言的一切因素都能产生特定的表达作用。苏珊·朗格曾说过:"当一个诗人创造一首诗的时候,他创造出的诗句并不单纯是为了告诉人们一件什么事情,而是想用某种特殊的方式去谈论这件事情。"[6]杜甫近体诗中重字的运用也正是这样一种"特殊的方式"。虽然也有些重字的出现是由于诗人偶然的"失检",如上引《陪王侍御宴通泉东山野亭》中的两个"水"字的重用,但在大多数情况下,这种重字的运用体现了诗人独具的艺术匠心,有着多方面的表达功能。

（一）用于并列对举

把相关或相近的事物进行并列对举，相互映衬，以构成某种特定的审美情境。如：

1. 舍南舍北皆春水，但见群鸥日日来。

《客至》

2. 瀼东瀼西一万家，江南江北春冬花。

《夔州歌十绝句》

3. 玉露凋伤枫树林，巫山巫峡气萧森。

《秋兴八首》

4. 白帝城中云出门，白帝城下雨翻盆。

《白帝》

5. 江月辞风缆，江星别雾船。

《江边星月》

6. 前年渝州杀刺史，今年开州杀刺史。

《三绝句》

以上例1、2、3是一句之中前后对举，例4、5、6是一联之中出、对句对举。它们都是借助重字的运用或交代环境，或描摹情景，或渲染气氛。如例1中通过"舍"字的前后对举描写出诗人幽居乡村，春水绕屋的优美景致；而例6则通过出、对句中5个字的重用再现了蜀中战乱的情景，渲染出特定的时代氛围，使人读罢有触目惊心之感。

（二）用于对比映衬

　　1. 乱后谁归得，他乡胜故乡。

《得舍弟消息》

　　2. 戎马不如归马逸，千家今有百家存。

《白帝》

　　3. 传语风光共流传，暂时相赏莫相违。

《曲江二首》

　　4. 不薄今人爱古人，清词丽句必为邻。

《戏为六绝句》

　　5. 腊日常年暖尚遥，今年腊日冻全消。

《腊日》

　　以上例句中的"他乡"与"故乡"，"戎马"与"归马"，"相赏"与"相违"，"今人"与"古人"等，都是借助重字来形成鲜明的比照，相反相成，以表达诗人内心丰富复杂的情感。

（三）用于顶真蝉联

　　诗人有时为表达一种深幽婉曲的情貌状态，常借助顶真这一修辞手法。而构成顶真的关键正在于重字的运用。如：

　　1. 梦归归未得，不用楚辞招。

《归梦》

　　2. 浣花溪水水西头，主人为卜林塘幽。

《卜居》

3. 眼见客愁愁不醒，无赖春色到江亭。

《绝句漫兴九首》

以上为一句中的顶真，也有用于一联的出、对句之间的。如：

4. 故人南郡去，去索作碑钱。

《闻斛斯六官未归》

5. 清商欲尽奏，奏若血泪衣。

《秋笛》

6. 何人错忆穷愁日，愁日愁随一线长。

《至日遣兴奉寄北省旧阁老两院故人二首》

诗句中的重字紧密蝉联，势若贯珠，圆转流宕，形成一种"续续相生，连跗接萼，摇曳无穷，情味愈出"[7]的审美效应，诗句所蕴含的情感也显得格外婉曲悠长。

(四)用于强调语义

杜甫律诗中还往往通过否定词"不"的重复使用来对语义进行强调。如：

1. 为人性僻耽佳句，语不惊人死不休。

《江上值水如海势聊短述》

2. 不是尚书期不顾，山阴野雪兴难乘。

《多病执热奉怀李尚书》

3. 春花不愁不烂漫，楚客唯听棹相将。

《十二月一日三首》

例1借助"不"字的重用，突出地表现了诗人无比执着的艺术追求;例 2 则强调了诗人自己"不顾尚书期"的原因所在。这类否定词的重复运用明显加强了语气,强调了表达的重点,使人读后留下深刻的印象。

(五)用于相关顺承

诗人有时也用重字来表达两种事物之间相关、相承的语义联系。如:

1.春日春盘细生菜,忽忆两京全盛时。

《立春》

2.风水春来洞庭阔,白蘋愁杀白头翁。

《清明二首》

3.桃花细逐杨花落,黄鸟时兼白鸟飞。

《曲江对酒》

4.元日到人日,未有不阴时。

《人日两篇》

5.二月已破三月来,渐老逢春能几回。

《绝句漫兴九首》

6.即从巴峡穿巫峡,便下襄阳向洛阳。

《闻官军收河南河北》

例 1 中的"春日"与"春盘",例 2 中的"白蘋"与"白头",例 3 中的"桃花"与"杨花"、"黄鸟"与"白鸟"都是通过重字的运用表达出两种事物之间的相关或相似的语义联系;例 4 中的"元日"与"人日",例 5 中的"二月"与"三月"都是表达出时间前后相承的语义联系;例6则把几个相关的地名"巴峡""巫峡""襄阳""洛阳"通过重字巧妙地绾接起来,使诗句如行云流水,自然流畅,将诗人那种盼归心切、情在骏奔的心情表现得淋漓尽致。

(六)用于选择取舍

1.闻汝依山寺,杭州定越州。

《第五弟丰独在江左近三四载寂无消息觅使寄此二首》

意思是:闻汝栖身山寺,不知是在"杭州"还是在"越州"?

2.桃花一簇开无主,可爱深红爱浅红。

《江畔独步寻花》

意思是:一簇簇桃花无主盛开,是爱深红的,还是爱浅红的呢?

3.沧江白发愁看汝,来岁如今归未归。

《见黄犬》

意思是:沧江上头发斑白的人忧伤地望着你们,你们明年还会回来吗?

以上诗例都是通过重字的运用来表达在两者之间进行选择、取舍的语义内容。

(七)用于分承呼应

一般是前面总说,后面则分别承接表述。这种情况往往出现在律诗的首、颔联中。如:

1.吹笛秋山风月清,谁家巧作断肠声。

风飘律吕相和切,月傍关山几处明。

首句总写"风月",颔联则出句承"风",对句承"月"分别加以描述。

2.金华山北涪水西,仲冬风日始凄凄。

山连越巂蟠三蜀,水散巴渝下五溪。

首句总写"山水",颔联则出句承"山",对句承"水",分别对山形水势进一步作具体的描写。

也有先分后总的情况,一般出现在一联的出、对句中。如:

3.清江一曲抱村流,长夏江村事事幽。

出句先分别描写"江"与"村",对句则将"江"与"村"合在一起,与上句形成呼应。出、对句一开一合,显得结构谨严而又自然流畅。

通过对杜甫近体诗中重字运用的现象作整体考察,我们可以得出以下几点结论:

(一)杜甫近体诗中的重字运用有两种不同的情况:少数是由于诗人偶尔的"失检"造成的。这类重字是应当避用的,因为它无助于诗歌语义情感的表达,而且还影响诗歌语言的凝练。但是大多数则是诗人在创作过程中有意,甚至是刻意为之的。这种重字一般都处于特定的语境之中,并具有一定的表达功能,或用于对举、选择等句中,有助于显示诗歌意象之间丰富而又灵活的逻辑联系;或用于顶真、对比等句中,有助于创设诗歌新奇而又精巧的修辞情境。如果离开了这些重字的运用,这些诗歌的艺术魅力将大为失色。可以说,这种重字的运用是诗人匠心独运的一种审美手段。

(二)杜甫律诗对仗联中的重字运用,一般不会单独出现在上句或下句中,多半也呈对称的形式分布,构成精巧别致的重字联。如"旧日重阳日,传杯不放杯"(《九日五首》),"桃花细逐杨花落,黄鸟时兼白鸟飞"(《曲江对酒》),"戎马不如归马逸,千家今有百家存"(《白帝》),"自去自来梁上燕,相亲相近水中鸥"(《江村》),等等。对仗这一特殊的语言形式为重字的运用提供了特殊的审美空间,而重字的运用也为对仗增添了独特的审美趣味,两者是相辅相成的。

(三)与律诗相比,杜甫绝句中的重字运用似乎更为灵活,更为常见。以七绝为例,在107首中有重字的诗句就多达18句。这是因为杜甫的律诗虽然律法谨严,而他的绝句则别开蹊径,有意向民歌学习,大量采用民歌的方法来进行创作;而"重章迭句,不避重字"正是民歌中普遍存在的语言现象。在杜甫的七绝中有的诗句几乎已经民歌化了。如:"二月已破三月来"(《绝句漫兴九首》),"中巴之东巴东山"(《夔州歌十绝句》),"一日须来一百回"(《三绝句》),"药条药甲润青青"(《绝句四首》),"瀼东瀼西一万家,江南江北春冬花"(《夔州歌十绝句》),等等。这些诗句语言俚俗活泼,富有浓郁的生活气息与地方色彩。这也是杜甫律诗中多用重字的原因之一。

【注释】

(1) 陈望道. 修辞学发凡. 上海：上海教育出版社,1979：169.

(2) 王若虚. 滹南诗话//侯孝琼. 少陵律法通论. 郑州：中州古籍出版社,1996：45.

(3) 王力. 汉语诗律学. 上海：上海教育出版社,1958：290.

(4) 王力. 汉语诗律学. 上海：上海教育出版社,1958：290.

(5) 许学夷. 诗源辩体. 北京：人民文学出版社,1998：231.

(6) 苏珊·朗格. 艺术问题. 南京：南京出版社,2006：160.

(7) 沈德潜. 古诗源. 上海：上海古籍出版社,1963：172.

第二节　动词运用

杜甫在我国诗歌史上享有崇高的地位。他的诗歌反映了极为广阔的社会生活,表现出极为深刻的忧国忧民之情,被后人誉为"诗史"。与此同时,他在诗歌题材的开掘、体式的变化、技巧的创新、语言的锤炼等多方面都作出了杰出的贡献。苏轼曾经说过:"诗至于杜子美……而古今之变,天下之能事毕矣。"(《书吴道子画后》)杜甫之所以能取得如此卓越的成就,一方面得益于他"转益多师"、虚心好学的求知精神,另一方面得益于他孜孜不倦、精益求精的创作态度。"为人性僻耽佳句,语不惊人死不休"[(1)]正是诗人这种态度的真实写照。他的"性僻",在相当程度上体现于他对语言的精心锤炼,往往"一字之用,亦不率易"[(2)]力求使之达到"惊人"的艺术效果。前贤对此多有论述,如"老杜用字入化者,古今独步"[(3)],"(杜诗)只一字出奇,便有过人处"[(4)],"诗人以一字为工,世固知之。惟老杜开阖变化,出奇无穷,殆不可以行迹捕"[(5)]等,评价都十分精当。本节拟对杜诗中动词运用的几种方式作探讨。

"在艺术语言中,最重要的是动词,这不用多说,因为全部生活就是运动"。[(6)]在前人诗话所论的"诗眼"中,有相当一部分是由动词构成的。如果动词运用巧妙得当,能使诗句显得气脉流转,神采飞动,产生独特的审美效应。这一点在杜甫诗歌中表现得十分突出,具体体现于以下几方面。

（一）平字见奇，化俗为巧

清代著名诗论家沈德潜曾说过杜诗的用字能"平字见奇，常字见险，陈字见新，朴字见色"[7]，这是就一般而言的；杜诗中尤其是动词的运用，往往能平常中见新巧，一些极为常见普通的动词在杜甫的笔下却能产生非常奇妙的效果。如：

1.一片飞花减却春，风飘万点正愁人。

《曲江二首》

"减"本是个极为普通的动词，也很少被人用于诗中，但用在这里却显得十分新奇而又贴切。诗人看见一片花飞，便觉眼前春光顿减，其内心惜春怅惘之情表达得极为含蓄而又深沉。"花飞则春减，谁不知？不知飞一片而春便减，语之奇也"[8]。这种"语奇而意深"的表达效果主要体现于诗中"减"这一动词的运用。

2.远鸥浮水静，轻燕受风斜。

《春归》

"受"在诗中是"承受"的意思，这种用法一般都与人有关，但在杜诗中却常常用于物。如"野航恰受两三人"（《南邻》），"一双白鱼不受钓"（《即事》），等等，显得别有一番情味。这句诗中的"受"非常准确而真切地描绘出"轻燕"迎着微风，掠翅斜飞的生动情态。范温在论述"好句要须好字"时提出，杜诗中的"'受'字皆入妙。老坡尤爱'轻燕受风斜'，以谓燕迎风低飞，乍前乍后，非'受'字不能形容也"[9]。"受"字虽然极为平常，但在这句诗中的表意功能却是其他动词无法替代的。

3. 穿花蛱蝶深深见,点水蜻蜓款款飞。

《曲江二首》

宋代诗论家叶梦得评析这一联时特别赞赏"穿""点"这两个极为普通的动词:"'深深'字若无'穿'字,'款款'字若无'点'字,皆无以见其精微如此"[10]。在诗中"穿"与"深深"、"点"与"款款"是相互呼应的。不用"穿"就显不出花叶之繁密,不用"点"就觉不出水波之轻柔。这两个动词的运用正体现出杜诗"平字见奇","俗中见巧"的艺术特色。

"敢为常语谈何易,百炼功纯始自然"(张问陶《论诗十二绝句》),"看似寻常最奇崛,成如容易却艰辛"(王安石《赠张司业》)。一些极为平常甚至俚俗的动词,一经杜甫拈出,运用在诗中就能熠熠生辉,产生出一种化俗为巧,精辟传神的审美效应,仿佛妙手偶得,不露雕琢之痕。这既充分显示出诗人驾驭语言的高超技巧,也体现诗人长期艰辛探索的"百炼之功"。

(二)虚实相济,寓意深永

为了把诗歌的审美意蕴表达得更为丰富,更为隽永,诗人有时把具象的概念与抽象的概念组合在一起,或以实为虚,或以虚映实,从而产生出一种新奇独特的表达效果。这种虚与实之间的组合往往要以动词的运用为津梁,如:

1. 丛菊两开他日泪,孤舟一系故园心。

《秋兴八首》

诗中的"心",是指思想、情绪,这些都是抽象的事物,而"系"

则为具象的实际动作,两者搭配,便产生一种独特的情味。诗人身"系"孤舟而心"系"故园,这一"系"字一语双关,形象而又深沉地表达出诗人内心那种浓郁的羁旅之愁和思归之念。

2. 细推物理须行乐,何用浮名绊此生。

《曲江二首》

如果只从表意的准确度来看,诗中的"绊"改用"误""害"等也未尝不可,但若细加品味,便会感到"绊"的确是诗人匠心独运的结晶。"浮云"本是抽象的,而"绊"却是具体的。两者一虚一实,相生相济,使无形的"浮名"获得一种形象感性的外观,变得可触可感。这种表达效果是"误""害"等动词无法企及的。

3. 江水流城郭,春风入鼓鼙。

《春日梓州登楼二首》

"鼓"是诉诸听觉的声音形象,是无形的,春风如何能入鼓鼙呢?诗人有意识将"两件最不相干的事物""不合情理"地嵌在一起,从中酿出浓郁别致的诗味来:虽然鼓鼙震天,干戈遍地,但和煦的春风依然给大地带来无限的生机与活力,节序的和谐与人事的纷乱形成鲜明的反差。一个"入"字用在这里便能使诗句"转杀气为生气"[11],细腻真切地体现诗人在特定条件下那种微妙的心态。

4. 岁暮阴阳催短景,天涯霜雪霁寒宵。

《阁夜》

"阴阳"指的是日月、光阴,是抽象的事物,而"催"则是具体的行为。两者被诗人"不和谐"地组合在一起,一虚一实,相互映衬,极为生动形象地表达出诗人心中那种岁月如歌,催人老至的深沉感慨。

虚实结合,相生相济,往往能形成诗句意象之间的流动空间,增强语言的弹性与张力,赋予诗句新奇深永的审美意蕴。"当一个诗人创造一首诗的时候,他创造出的诗句并不单纯是为了告诉人们一件什么事情,而是想用某种特殊的方式去谈论这件事情。"⁽¹²⁾杜诗中这种把具象动词与抽象名词巧妙嵌合的表达手段正是诗人进行审美创造的一种"特殊的方式"。

(三)化静为动,染情于物

钱钟书先生曾说过:"诗人对事物往往突破一般经验的感受,有更深细的体会,因此,也需要推敲出一些新奇的字法。"⁽¹³⁾杜甫诗中许多新奇的意象正是这种"突破一般经验的感受"。妙用动词,化静为动,让本来处于静止状态的事物活灵活现地动起来,充满生命的活力和情致,这也是诗人"推敲出新奇字法"的一种审美手段。如:

1. 群山万壑赴荆门,生长明妃尚有村。

《咏怀古迹五首》

群山万壑本是静止的,诗人用一"赴"字化静为动,生动地描绘出三峡两岸的重岩叠嶂那种雄奇飞动的气势,赋予诗句一种"破空而来,文势如天骥下坡,明珠走盘"⁽¹⁴⁾的神奇魅力。

2. 红入桃花嫩,青归柳叶新。

《奉酬李都督表丈早春作》

春天里桃红柳绿，都是处于相对静止状态的景物。诗人却有意识地在"红"与"桃"、"青"与"柳"之间嵌入动词"入"与"归"，从而把静止的景物描写得生动活泼。我们眼前仿佛呈现出一幅生机勃勃的画面：嫩桃渐渐地泛红，新柳悄悄地绽青，"入"与"归"这两个动词在诗中十分奇妙地展现出春回大地，花柳欣欣向荣的动态过程，创造出大自然色彩的无限神韵，其中也渗透着诗人满怀喜悦的心情。

在杜诗中，化静为动不仅能使诗中的意象生动活泼，富有表现力，同时还能产生拟人化的效果，使无生命的东西有情化、人格化。如：

3.山虚风落石，楼静月侵门。

《西阁夜》

月光映入西阁门，这本是个相对静止的景象，诗中在此却用了一个"侵"字，使"月"人格化了。月光入门也就成一种灵性的活动。诗人仿佛正凝望着月光从门外渐渐地"侵"入门内。这种染情于物的方式一方面含蓄地表达出诗人月夜独宿西楼时寂寞无聊的心情；另一方面，这"侵"字也与上句中的"落"一样，以动显静，更为真切地表达出山之"虚"与楼之"静"。

4.感时花溅泪，恨别鸟惊心。

《春望》

"花"本为无情之物，但在诗人笔下，它却被人格化了，会因感时而溅泪。诗人强烈的主观情感通过"溅"的运用很自然地映射并渗透于"花"这一客观物象之中,物我相浃,融为一体。这种化静为动,染情于物的佳句在杜诗中很常见,如"窗含西岭千秋雪"(《绝句》),"月涌大江流"(《旅夜书怀》),"锦江春色逐人来"(《诸将五首》),"薄云岩际宿"(《宿江边阁》),"阴阳割昏晓"(《望岳》),"浮云连海岱,平野入青徐"(《登兖州城楼》),等等。这些都能十分传神地表达出诗人那种新奇独特的审美体验。

"当一位抒情诗人与物相接触时,常予物以内在的生命和人格形态,从而使天地有情化"[15]。杜甫诗中这种动静相生的表达方式为诗人寄感于物,融情于景的情感宣泄提供了别致而又畅达的渠道,大大地增强了诗歌语言的情感魅力。

(四)反常嵌合,无理而妙

巴尔扎克说过:"艺术家给人的印象经常是一个不合理的人",他的使命"在于能找出两件最不相干的事物之间的关系,引出令人惊奇的效果"。在杜甫诗歌中常常可以看到这样一种现象:诗人有意将"本不相干"的动词与名词"不合情理"地嵌合在一起,形成一种错觉示现,从中催发出"令人惊奇的效果"来。如:

1. 风起春灯乱,江鸣夜雨悬。

《船下夔州郭宿雨湿不得不上岸别王十二判官》

江上夜雨如注,流泻不止,可诗人却用一个含有"静止"义的"悬"去形容它,这是一种错觉描写。这种错觉其实是审美对象被审美主体深刻体验之后所产生的意象变化。在诗人的眼中,夜雨似乎就像瀑布一样一动不动地悬挂于空中,周围的一切都仿佛浸泡在茫茫的雨幕之中。这种错觉更为真切地反映了诗人在特定情境中的审美体念,显得无理而妙。

2.返照入江翻石壁,归云拥树失山村。

《返照》

按常规表达,归云应该是"蔽山村""掩山村"或"罩山村",而诗人在这里偏用一个"失"字,看似"反常",其实"合道"。在诗人感觉中,仿佛是大片的"归云"使整个山村消失得无影无踪。这种错觉示现,不仅想象奇特,造语新奇,而且也极力渲染出山村云雾的浓密。

3.高枕翻星月,严城叠鼓鼙。

《水宿遣兴奉呈群公》

仇兆鳌评析这句诗说:"此水宿景事,叹旅况无聊也,夜卧舟中,故见星月翻动。"[16]其实"见星月翻动"只是诗人的一种审美错觉。因为诗人夜卧舟中,身体随着江上的波浪起伏动荡,一时间觉得是天上的星月在不停地翻动摇晃着。这种错觉的确是非常新奇而又微妙的,正如《红楼梦》中香菱学咏时所感叹的:"似乎是无理的,想去竟是有理有情的。"错觉本是人的感知误差,但有时诗人在特定的心理状态中对客观事物产生的错觉却蕴含着极为丰富而又奇妙的审美情趣,这种奇妙的错觉又往往要借助诗人精心选择的动词来示现。

"诗之情味与敷藻立喻之合乎事理成反比例。"[17]诗歌中将动词与名词超常地嵌合在一起,往往能形成一种语言陌生化的审美机制。形式主义美学家认为,艺术技巧就是在于使对象陌生化,使感知过程具有一种"阻拒性",从而增加感知的困难程度,延长感知时间,从中获得艺术的美感。

从上面分析中我们可以看出,杜甫诗歌中动词的运用是深具艺术匠心的,不仅具有独特的审美功能,同时也充分体现他"语不惊人死不休"的严肃的创作态度。在这些方面,杜甫为后代的诗歌创作留下了极为宝贵而又丰富的艺术经验,值得我们去认真地领会,深入地发掘,以提高诗歌创作与鉴赏水平。

【注释】

(1)萧涤非.杜甫全集校注.北京:人民文学出版社,2013:2165.

(2)陈广宏,侯荣川.明人诗话要籍汇编:诗话卷.上海:复旦大学出版社,2017:197.

(3)胡应麟.诗薮.北京:中华书局,1958:90.

(4)罗大经.鹤林玉露.北京:中华书局,1983:218.

(5)叶梦得.石林诗话.北京:人民文学出版社,1981:59.

(6)阿·托尔斯泰.语言即思维.上海:上海译文出版社,1984:724.

(7)邬国平.中国历代文论选新编:明清卷.上海:上海教育出版社,2007:328.

(8)王嗣奭.杜臆.上海:上海古籍出版社,1983:451.

(9)范温.潜溪诗眼.北京:中华书局,1980:752.

(10)叶梦得.石林诗话.北京:人民文学出版社,1981:78.

（11）王嗣奭.杜臆.上海：上海古籍出版社,1983：284.

（12）苏珊·朗格.艺术问题.北京：中国社会科学出版社,1986：131.

（13）钱钟书.七缀集.上海：上海古籍出版社,1987：59.

（14）乾隆.唐宋诗醇.乔继堂,整理.上海：上海科学技术文献出版社,
2020：393.

（15）E.卡西勒.人论.北京：人民文学出版社,1987：9.

（16）仇兆鳌.杜诗详注.北京：中华书局,1979：917.

（17）钱钟书.管锥编：第一卷.北京：中华书局,1997：74.

第三节　虚词运用

　　杜甫的律诗代表着他诗歌创作的最高成就。其成就不仅表现在数量上"多不胜收,如搜木于邓林,贩缯于江市"(毛奇龄《唐七律选》),在艺术方面,更是"锻炼尽致,无美不包"(梅成栋《唐宋七律诗耐吟集》),以至被后人尊崇为千古律诗之极则。他之所以能在中国诗歌史上取得如此卓越的成就,原因固然是多方面的,但其中很重要的一条即在于他能在踵武前贤,转益多师的前提下,努力开拓与创新,力求"正中有变,大而能化"[1]。一方面他"遣词必中律"[2],追求整饬规范之美,另一方面他又"能于规矩绳墨中错以古调,如生龙活虎,不可把捉"(王嗣奭《管天笔记外编》),极尽开阖变化之美。杜甫律诗中虚词的运用便从语言方面体现了他"运古于律"的创作特点。

　　律诗篇幅短小,格律谨严,语言要求高度的凝练,必须句句斟酌,字字推敲,同时诗歌语言又要求有鲜明的形象性,因此在律诗中具象的名词、动词、形容词等实词占有较大的比例。相对来说,虚词运用的频率要比实词低得多。闻一多先生曾经论定:"(诗歌语言)弹性的获得,端在虚字的节省。"[3]实际上,虚词在律诗中绝不是可有可无的。它虽然不像实词那样具有叙事状物、写景摹态等比较实在的意义与功能,但如果运用恰当,便能细腻准确地表现出诗歌的气势、神韵、声情,传达出种种含蓄委婉的言外之旨,产生实词难以达到的审美效应。"诗用实字易,用虚字难。盛唐人善用虚字,开阖响应,悠扬委曲,皆在于此。"(李东阳《麓堂诗话》)杜甫在创作中有意识地"以古文为律",是深得虚词运用之三昧的。故黄培芳于《香石诗话》中评曰:"律诗……能善用虚字者,唯杜少陵一人而已"。下面拟对杜甫律诗中的虚词运用及其审美效应作讨论。

杜甫律诗中虚词的运用十分常见,门类也很齐全。除了叹词由于诗歌句式的限制而极少出现以外,其他各类虚词在他的律诗中都能见到。下面试举例分析。

(一)副词

副词虽属虚词,但由于它具有表情态、程度、时间等功能,因此在律诗中经常运用。常见的有"唯""亦""皆""自""犹""更""复""空""岂"等,如:

1. 卷帘唯白水,隐几亦青山。

《闷》

2. 万象皆春气,孤槎自客星。

《宿白沙驿》

3. 兴来犹杖屦,目断更云沙。

《祠南夕望》

4. 水宿仍余照,人烟复此亭。

《宿白沙驿》

5. 暂屈汾阳驾,聊飞燕将书。

6. 但恐天河落,宁辞酒盏空。

7. 雷声忽送千峰雨,花气浑如百和香。

8. 岂有文章惊海内,漫劳车马驻江干。

(二)介词

1. 封侯意疏阔,编简为谁青。

2. 皇华吾善处,于汝定无嫌。

3. 只应与朋友,风雨亦来过。

4. 应共冤魂语,投诗赠汨罗。

5. 地与山根裂,江从月窟来。

6. 诏从三殿去,碑到百蛮开。

7. 片云天共远,永夜月同孤。

8.晚节渐于诗律细,谁家数去酒杯宽?

《遣闷戏呈路十九曹长》

(三)连词

1.悲丝与急管,感激异天真。

《促织》

2.兵戈与关塞,此日意无穷。

《九日登梓州城》

3.使者虽光彩,青枫远自愁。

《送李功曹之荆州充郑侍御判官重赠》

4.故巢傥未毁,会傍主人飞。

《归燕》

5.纵被微云掩,终能永夜清。

《天河》

6.江山如有待,花柳更无私。

《后游》

7.干戈况复尘随眼,鬓发还应雪满头。

《寄杜位》

(四)语气词

1.白也诗无敌,飘然思不群。

《春日忆李白》

2.西京安稳未? 不见一人来。

《早花》

3.去矣英雄事,荒哉割据心。

《峡口二首》

4.高义终焉在,斯文去矣休。

《奉送王信州崟北归》

5.江流大自在,坐稳兴悠哉。

《放船》

6.往来时屡改,川陆日悠哉。

《龙门》

这些语气词或用在句中,或用在句末;或表疑问,或表感慨。用法多样,语气灵活,有很强的表达功能。

刘淇在《助字辩略》中说过:"构文之道,不过实字、虚字两端。实字其体骨,而虚字其性情也。"文如此,诗亦如此。律诗重在对偶,妙在虚实,作品中虚词与实词巧妙配合,斡旋映衬,能使诗句形神俱足,声情并茂,其独特的审美效应从以下几个方面体现出来。

(一)有助于诗句的灵动健练,悠扬流畅

"律诗本贵乎整",遣词造句力求整饬凝练,但如果一味追求这种精整均齐之美,则有可能使诗句流于板滞,影响表情达意的灵活性。"少陵律诗寓拗峭以矫时弊"(许印芳《诗法萃编》),除了在声律上故为拗体,他还往往在诗中画龙点睛地运用虚词,使某些诗句产生一定程度的散文化倾向,即诗中的文句。这种"文句"与诗中其他的句子相互比照映衬,能够使全诗的旋律产生一种张弛跌宕的美感。诗中有文,词调流畅,从而化板滞为流动,予拗峭于圆熟。如他的拗体律诗《白帝城最高楼》:"城尖径仄旌旆愁,独立缥缈之飞楼。峡坼云霾龙虎睡,江清日抱鼋鼍游。扶桑西枝对断石,弱水东影随长流。杖藜叹世者谁子,泣血迸空回白头。"这首诗的头尾两句与中间四句都是紧凑整饬的"诗家语",而第二句"独立缥缈之飞楼"与第七句"杖藜叹世者谁子",由于有虚词"之""者"嵌于其间因而具有明显的文句意味。这样两种句法交叉错落使诗句显得悠扬流转而充满弹性。另外,有了虚词之后,这两句诗的节奏也与其他诗句形成鲜明的比照:"独立/缥缈之飞楼"是"2/5"节奏,"杖藜叹世者/谁子"是"5/2"节奏,而其他六句都是"4/3"节奏。这不同的节奏在诗中相映成趣,张弛有致,使诗歌词调流畅,句法灵动,自成奇响。正如李因笃所评价的那样"浑古之极,不可名言,律不难于工而难于宕,律中古意不难于宕而难于劲。此首句着一之'之'字,其力万钧"。邵长蘅也极力赞叹此诗:"奇气崒兀,此种七律,少陵独步。"这种奇妙的审美效应与诗中的虚词运用是密切相关的。

又如被浦起龙称为杜甫"生平第一首快诗"的《闻官军收河南河北》,这首诗之所以能"一气旋转","有如长江放溜,骏马注坡,真一往奔腾,不可收拾",这也与其中的虚词斡旋其中有关,如"忽""初""都""漫""好""即""便"等,贯穿全篇,一气挥洒,跌宕有神,其激情快意,溢于言表。无怪乎此诗被李因笃称为"七律绝顶之篇"。

（二）有助于表现诗句中的声情韵致

袁仁林于《虚字说》中提及："虚字者,所以传其声,声传而情见焉。"诗歌中的实词有具象摹态之功,虚词则有传声达情之效。虚实相生,情韵尽出。杜甫律诗中虚词的运用,往往能细腻准确地表达诗中的婉曲绵邈的声情,增添诗句摇曳流转的韵致。如他的七律《野人送朱樱》："西蜀樱桃也自红,野人相赠筠笼。数回细写愁仍破,万颗匀圆讶许同。忆昨赐沾门下省,退朝擎出大明宫。金盘玉箸无消息,此日尝新任转蓬。"诗人从西蜀农民赠送的樱桃引发联想,首句用"也""自"两个虚词暗暗点出异地重见,从而很自然地引出"忆昨赐沾门下省,退朝擎出大明宫"的难忘往事。其转蓬漂泊之思,抚今追昔之感笼罩全篇。这种情感氛围的营造主要从"也""自"二字生发而来。又如他的《和裴迪登蜀州东亭送客逢早梅见寄》："东阁官梅动诗兴,还如何逊在扬州。此时对雪遥相忆,送客逢春可自由? 幸不折来伤岁暮,若为看去乱乡愁。江边一树垂垂发,朝夕催人自白头。"诗中运用一连串的虚词:"还""相""可""幸不""若为""自"等,语气纡徐有致、韵味悠扬深婉,犹如对面娓娓诉来,声情毕见,被谢榛赞为"句法老健,意味深长,非巨笔不能到"。再如"高义终焉在,斯文去矣休"(《奉送王信州崟北归》),"白也诗无敌,飘然思不群"(《春日忆李白》),"去矣英雄事,荒哉割据心"(《峡口二首》),等等,诗句中通过"也""矣""焉""哉"等虚词传达出一种极为深沉强烈的感叹语气。同时,这些诗句由此在语序上也有所变化:或将语气词嵌于句中以显顿挫,如

"高义终焉在"一联;或将主谓助倒装以示强调,如"去矣英雄事"一联。诗人凭古吊今情思,人世沧桑之慨叹,尽蕴含于字里行间,情致显得格外凝重深远。

(三)有助于传达出诗句的言外之旨

古人为诗,贵在意在言外。要达到"句中有余味,篇中有余意"这一审美高度,除了内容方面的精心营构之外,还要借助语言形式方面的表达功能,而虚词的运用就是一种重要的语法手段。由于律诗的字数受到严格限制,诗人创作时常常会有意识地省略一些充当谓语的实词,从而形成语言表层的断裂与跳脱;同时又精心选择一些恰当的虚词(主要是副词)嵌于句中,以虚为实,斡旋流转,使诗句产生一种峰断云连的审美效应,从而含蓄巧妙地表达出诗句的言外之旨和韵外之致。如杜甫的七律《蜀相》中"映阶碧草自春色,隔叶黄鹂空好音"一联,句中省略了动词,而以"自""空"两个虚词绾接主语和宾语:

映阶碧草自[　]春色,隔叶黄鹂空[　]好音。

这种语言变异会在一定程度上形成诗歌语言的"陌生感",延长读者感知诗句意蕴的心理过程,让读者不得不通过联想与想象来细细体验诗人观照客观世界的独特感受,从而很自然地介入共同的审美创造,这种审美创造能有效地拓展诗句的表达空间。另外,诗句中"自""空"这一类虚词具有一种拟人化的功能,能把大自然中无情的芳草禽鸟有情化,从而使诗句染上诗人浓烈的主观情感:"芳草年年绿,斯人长已矣。黄鹂空自啼,伟业已无踪。"那字句之外蕴含的吊古伤今之情令人品味无穷。正因为这种以虚为实的手法能丰富诗句的意蕴,增加诗句的"空间玩味",所以深受杜甫的青睐,在其律诗中经常可以见到。如"卷帘唯白水,隐几亦青山"(《闷》),"江山故宅空文藻,云雨荒台岂梦思"(《咏怀古迹五首》),"江山有巴蜀,栋宇自齐梁"(《上兜率寺》),"古墙犹竹色,虚阁自松声"(《滕王亭子》),"兴来犹杖屦,目断更云沙"(《祠南夕望》),"万象皆春气,孤槎自客星"(《宿白沙驿》),等等。这种以虚为实的表达方式已是杜诗炼句炼字的一种重要手段,一直被后人所欣赏。尤其是"江山有巴蜀"一联与"古墙犹竹色"一联,数百年来始终为后代诗论家所津津乐道。宋代叶梦得曾赞道:"诗人以一字为工,世固知之。惟老杜开阖变化,出奇无穷,殆不可以形迹捕。如'江山有巴蜀,栋宇自齐梁',远近数千里,上下数百年,只在'有'与'自'两字间。而吞纳山川之气,俯仰古今之怀,皆见于言外。《滕王亭子》'古墙犹竹色,虚阁自松声',若不用'犹'与'自'两字,则余八言,凡亭子皆可用,不必滕王也,此皆工妙至到,人力不可及……"[4]"江山"一联中那"见于言外"的"俯仰古今之怀",正是由虚词"自"来体现的;而"古墙"一联之所以"工妙至到",也正在于诗中用了"犹""自"这两个虚词来暗示出滕王亭子的年代悠久,历尽风雨。诗句气韵生动,意蕴丰富,显露出一种深沉的历史感。这种"含不尽之意于言外"的审美效应与虚词的运用之妙显然是分不开的。

(四)有助于提示诗句中蕴含的逻辑关系

律诗辞约义丰,有时在有限的语言形式中会蕴含着比较复杂的逻辑关系。诗人往往通过虚词的运用来提示这种关系,显示出诗句内在的语义脉络,使全篇气脉贯注。如杜甫《又呈吴郎》一律的中间两联:"不为困穷宁有此,只缘恐惧转须亲。即防远客虽多事,便插疏篱却甚真。"短短四句诗中隐含着种种不同的逻辑关系,如因果、转折、让步等,从而使诗句显得情辞恳切,语意深婉。而这些逻辑关系正是通过诗句中"宁""缘""转""虽""便""却""甚"等一系列虚词的穿插呼应来体现的。类似的例子在杜甫的律诗中还可以举出很多,例如:

1. 故巢傥未毁,会傍主人飞。

《归燕》

2. 逐客虽皆万里去,悲君已是十年流。

《寄杜位》

3. 江山如有待,花柳更无私。

《后游》

4. 纵被微云掩,终能永夜清。

《天河》

5. 干戈况复尘随眼,鬓发还应雪满头。

《寄杜位》

以上数例中,例1表达的是假设关系,例2表达的是转折关系,例3表达的是假设、递进关系,例4表达的是让步关系,例5表达的是递进关系。这些诗句借助虚词的斡旋呼应之力,既准确显示出诗句之间细致曲折的逻辑关系,又充分体现了律诗语言的弹性与力度,气韵流转,语式劲健,别有一番审美情趣。

从以上分析大致可以看出,杜甫律诗中虚词的运用是诗人"运古于律"的审美尝试,这种尝试是非常成功的。它能使诗词调流畅健练,情致生动深婉,变板滞为流动,化质实为空灵,有效地拓展了诗歌的表现空间,丰富了诗歌的表现手段,增添了诗歌的审美蕴含。施补华《岘佣说诗》云:"炼实字有力易,炼虚字有力难。"杜甫律诗中巧妙的虚词运用充分显示了诗人平中见奇,难中出新的艺术才能和融汇古今,戛戛独造的创造精神。这些都是值得我们在今天的诗歌创作与研究中去认真地领会,深入地探讨。

【注释】

(1)陈良运.中国历代诗学论著选.南昌:百花洲文艺出版社,1995:725.

(2)萧涤非.杜甫全集校注.北京:人民文学出版社,2013:517.

(3)闻一多.闻一多全集:5 楚辞编·乐府诗编.武汉:湖北人民出版社,1994:381.

(4)叶梦得.石林诗话.北京:人民文学出版社,1981:312.

第四节　数词对仗

　　杜诗爱用对句,不仅律诗中用对,绝句、古风中也常常用对,有时甚至通首皆用对仗,如《登高》《宿府》等篇。同时他运用对仗的技巧也极为高明。前代许多诗论家如洪迈、罗大经、胡应麟、李因笃等对此都称颂不已。其中以吴农祥的评说较为中肯。他指出杜诗对仗"既极严整从容,复带错综变化",十分准确地揭示了诗人在运用对仗时"寓变化于规矩,求灵动于绳墨"的审美追求。[1]笔者在研读杜诗的过程中还发现其对仗句中数词的运用频率很高,有的诗中甚至两联均用数字构成对仗。如《野望》:

　　西山白雪三奇戍,南浦清江万里桥。

　　海内风尘诸弟隔,天涯涕泪一身遥。

　　唯将迟暮供多病,未有涓埃答圣朝。

　　跨马出郊时极目,不堪人事日萧条。

　　这一现象构成杜诗对仗句一个较为明显的语式特征,具有独特的表达功能,值得我们作深入的探析。

　　从语言形式方面进行考察,杜诗中的数词对主要有以下几种类型。

(一)数词与数词相对

　　1. 秋水才深四五尺,野航恰受两三人。

2.洛阳一别四千里,胡骑长驱五六年。

3.城中十万户,此地两三家。

4.纪德名标五,初鸣度必三。

应该指出的是,杜诗中纯数词相对的情况(如例4"纪德名标五,初鸣度必三")很少见,一般都是以数词与量词构成数词词组进行对仗,如上引例1、2、3。

(二)数词与其他表数量概念的词语相对

杜诗中的数词对构成方式是多种多样的。除了数词与数词相对之外,还往往以数词与其他表数量概念的形容词、副词等构成对仗。如:

众: 1.众流归海意,万国奉君心。

2.众妃无复叹,千骑亦虚还。

诸: 3.诸姑今海畔,两弟亦山东。

4.海内风尘诸弟隔,天涯涕泪一身遥。

多:5. 劳生系一物,为客费多年。

《回棹》

6. 关山同一照,乌鹊自多惊。

《玩月呈汉中王》

孤:7. 十月山寒重,孤城月水昏。

《愁坐》

8. 含风翠壁孤云细,背日丹枫万木稠。

《涪城县香积寺官阁》

群:9. 宫阙通群帝,乾坤到十洲。

《玉台观二首》

10. 汩汩避群盗,悠悠经十年。

《自阆州领妻子却赴蜀山行三首》

独:11. 一去紫台连朔漠,独留青冢向黄昏。

《咏怀古迹五首》

12. 独卧嵩阳客,三违颍水春。

《寄张十二山人彪三十韵》

数:13. 主恩前后三持节,军令分明数举杯。

《诸将五首》

14. 江月去人只数尺,风灯照夜欲三更。

《漫成一绝》

双:15. 双峰寂寂对春台,万竹青青送客杯。

《又送》

16. 乱后故人双别泪,春深逐客一浮萍。

《题郑十八著作虔》

其他还有"联"（"能吏逢联璧,华筵直一金"《刘九法曹郑瑕丘石门宴集》）、"频"（"年侵频怅望,兴远一萧疏"《瀼西寒望》）、"列"（"列郡讴歌惜,三朝出入荣"《奉济驿重送严公四韵》）、"重"（"满峡重江水,开帆八月舟"《舍弟观归蓝田迎新妇送示两篇》）等,可谓极尽错综变化之能事。

(三)数词构成句中对

洪迈《容斋随笔》中曾指出:"唐人诗文,或于一句中自成对偶,谓之当句对"。周振甫《诗词例话》中认为"此体(当句对)创于少陵"。在杜诗的当句对中有不少就是由数词对构成的。如:

1. 戎马不如归马逸,千家今有百家存。

《白帝》

2. 此日此时人共得,一谈一笑俗相看。

《人日两篇》

3. 百年双白鬓,一别五秋萤。

《戏题寄上汉中王三首》

4. 十室几人在,千山空自多。

《征夫》

5. 南极一星朝北斗,五云多处是三台。

《送李八秘书赴杜相公幕》

以上数例中大多是异字相对,但也有不避同字相对的,如例2"一谈一笑俗相看"中上下句均以"一"字相对。

（四）数词构成借对

对仗中有"借对"之法,也称"假对"。仇兆鳌认为:"假对之工,本于杜句"。罗大经也曾称赞杜诗中的借对"子云清自守,今日起为官"(借"云"与"日"为对)一联"乃诗家活法"。在杜诗这些堪称"活法"的借对中有不少就是由数词对构成的。如:

谐音借对

1. 相随万里日,总作白头翁。

《寄贺兰铦》

下句"白"谐音作"百",与上句"万"相对。

2. 南极一星朝北斗,五云多处是三台。

《送李八秘书赴杜相公幕》

上句"北"谐音为"百",既与下句"三"构成借对,又与本句"一"构成句中对。

谐义借对

1. 人生五马贵,莫受二毛侵。

《送贾阁老出汝州》

"五马"在诗句中的本义为"太守"的别称,这里借其字面义下句"二毛"相对,显得工巧而又熨帖。

2. 酒债寻常行处有,人生七十古来稀。

《曲江二首》

上句中的"寻常"本是"平常、经常"之义,但"寻常"在古代还另有一义,即"八尺为寻,倍寻为常"。这里巧借此义与下句中的

"七十"构成数词对,颇具匠心。

有时在杜诗对仗句中还会出现数词隐含的现象,即构成数对的上下句中一句出现数词而另一句相对的数词因某种原因隐略不见,必须借助与对句相互比勘映衬才能显示出来。如:

1.落日邀双鸟,晴天卷( )片云。

《秦州杂诗二十首》

2.百顷青云杪,( )层波白石中。

《天池》

3.将期一诺重,欻使( )寸心倾。

《敬赠郑谏议十韵》

4.( )寸长堪缱绻,一诺岂骄矜。

《赠特进汝阳王二十二韵》

以上数例中的数词有的是"一",因习惯用法而隐略,如例1、例3、例4;而有的则是不可定数的事物,如例2中的"层波"。诗人有意隐略不说,以诉诸读者想象,使诗句显得更为空灵蕴藉。

数词在使用过程中往往具有两种功能。一是它的基本功能,如序数、基数,体现其实用性;二是它的修辞功能,即它超常规用法所具备的功能,体现其审美性。在汉语中数词还往往是对举使用的。以成语为例,如"五光十色""九牛一毛""十拿九稳""三心二意""一呼百应"等等。同时这些对举的数词所表达的概念又往往是虚指而非确指。这些功能与特征在诗歌语言中也同样存在。在杜甫诗中它既是构成数词对的语言基础,同时又表现出多方面的审美效应。

(一)对比映衬,突出题旨

杜诗中常常借助数词对的巧妙运用以构成不同角度、不同层面的鲜明对比,上下两句错综变化、相互映衬以突出诗句的题旨。或以时空相映:如"万里悲秋常作客,百年多病独登台"(《登高》),"飘零仍百里,消渴已三年"(《秋日夔府咏怀奉寄郑监李宾客一百韵》);或以主客相对:如"海内风尘诸弟隔,天涯涕泪一身遥"(《野望》),"亲朋无一字,老病有孤舟"(《登岳阳楼》);或以众寡相比:"城中十万户,此地两三家"(《水槛遣心二首》),"万事纠纷犹绝粒,一官羁绊实藏身"(《寄常征君》);或纵横相形:"江国逾千里,山城仅百层"(《泊岳阳楼下》),"秋水才深四五尺,野航恰受两三人"(《南邻》);等等。有时还通过句中对的形式构成鲜明的对比,如"十室几人在,千山空自多"(《征夫》),"自今已后知人意,一日须来一百回"(《三绝句》),"一辞故国十经秋,每见秋瓜忆故丘"(《解闷十二首》),等等。这些多角度的对比映衬,既拓展了诗句的审美空间,又强调了诗所表达的题旨,同时也给读者留下了极为深刻的印象。

(二)工妙自然,动夺天巧

杜诗对仗既见气力,又见才力,极尽腾挪变化之能事。尤其是他擅长以数量词组构成种种巧对,工妙浑然,令人叹为观止。如:

地名巧对

1.万里桥西宅,百花潭北庄。

《怀锦水居止二首》

万里桥在成都南门外,《华阳国志》卷三:"蜀郡……南渡流曰万里桥。"百花潭即浣花溪。《方舆胜览》:"浣花溪在城西五里,一名百花潭。"这两处景物都在草堂附近。诗人信手拈来构成巧对。与此类似的还有"万里桥西一草堂,百花潭水即沧浪"(《狂夫》)。

2.孤城一柱观,落日九江流。

《送李功曹之荆州充郑侍御判官重赠》

一柱观为南朝刘义庆在荆州罗公洲所建。宫观宏大而只有一柱,故名一柱观。九江流,古人以江于荆州界分为九道,故称九江。《尚书·禹贡》:"九江孔殷。"这两句皆言荆州风物,对仗浑成而又贴切。与此异曲同工的还有"九江日落醒何处? 一柱观头眠几回?"(《所思》)。

物名巧对

1.雕章五色笔,紫殿九华灯。

《寄刘峡州伯华使君四十韵》

五色笔,据《南史·江淹传》记载,江淹尝宿冶亭,梦一丈夫自称郭璞,谓淹曰:"吾有笔在卿处多年,可以见还。"淹乃探怀中,得五色笔一,以授之。九华灯,据《西京杂记》记载:"元日燃九华灯于终南山上,照见百里。"这两句均描写刘使君才气之盛。诗中以"五色笔"对"九华灯",显得极为工巧而又自然。

2.身许双峰寺,门求七祖禅。

《秋日夔府咏怀奉寄郑监李宾客一百韵》

双峰寺,据《旧唐书》记载,道信与弘忍并住蕲州双峰山东山寺,故谓之双峰寺。七祖禅,据仇兆鳌《杜诗详注》:"达摩传慧可,可传僧灿,灿传道信,信传弘忍,此五祖也。忍传能大师,是谓六祖,其徒复以菏泽当七祖,此南宗之余裔也。"诗中以"双峰寺"与"七祖禅"构成巧对,含蓄地表达了诗人欲出峡求禅,投老空门之意。

官名巧对

1. 皆为百里宰,正似六安丞。

《寄刘峡州伯华使君四十韵》

百里宰,杨伦《杜诗镜铨》引朱注:"言我亦曾为郎官,应出宰万里。今飘零见弃,却似六安丞之贬斥耳"。六安丞,《后汉书·桓谭传》记载,桓谭曾因谏用谶被贬为六安郡丞。诗人在此以桓谭自况,感叹身世。用典贴切自然,而字面巧成工对。

2. 五马何时到,双鱼会早传。

《送梓州李使君之任》

五马,使君之别称。《陌上桑》:"使君从南来,五马立踟蹰。"双鱼,书信之别称。《汉乐府》:"客从远方来,遗我双鲤鱼。"诗中以"五马"与"双鱼"构成巧对,表达了诗人对友人之任的无比关切以及对别后交往的殷切期盼。

诗名巧对

1. 甘从千日醉,未许七哀诗。

《垂白》

千日醉,张华《博物志·杂说下》记载俗语云:"玄石(刘玄石)饮酒,一醉千日。"七哀诗,曹植、王粲、张载皆有《七哀诗》。杨伦

《杜诗镜铨》:"言哀时无益,不若冥心一醉也。"

以上各种数词词组构成的专名巧对浑然天成,不露一丝斧凿痕迹,体现出诗人极为高超的艺术技巧。

(三)寓情于数,寄慨遥深

杜诗的对仗最能体现其"沉郁顿挫"的抒情风格。这些"参伍错综","屈盘幽深"的对句中大多寄托着作者深沉的人生感慨。而数词对则往往成为诗人得心应手的抒情方式。杜诗对仗中常常爱用"孤""一"等词语,在描摹物境的同时又极为含蓄地表现出诗人特定的心境。如:

1. 万象皆春气,孤槎自客星。

《宿白沙驿》

2. 十月山寒重,孤城月水昏。

《愁坐》

3. 亲朋无一字,老病有孤舟。

《登岳阳楼》

4. 百鸟各相命,孤云无自心。

《西阁二首》

5. 一径野花落,孤村春水生。

《遣意二首》

6. 疏灯自照孤帆宿,新月犹悬双杵鸣。

《夜》

7.身世双蓬鬓,乾坤一草亭。

《暮春题瀼西新赁草屋五首》

8.相看万里外,同是一浮萍。

《又呈窦使君》

9.合分双赐笔,犹作一飘蓬。

《老病》

10.路经滟滪双蓬鬓,天入沧浪一钓舟。

《将赴荆南寄别李剑州》

以上诗句中以"孤""一"为修饰语的物象无一不浸染着诗人浓郁的主观情感色彩。有的以物喻人,如"一飘蓬""一浮萍"等,这些其实都是诗人自己身世的象征。而有的则含蓄地映射出诗人特定的心境,如"孤舟""孤云"等。诗句中的物象与情思已融为一体,物我相浃,情景交融,构成诗歌浑融幽美的意境。袁行霈先生曾指出:"有的诗人长于体贴物情,将物情与我情融合起来,构成诗的意境。陶渊明和杜甫在这方面尤其突出。"[2]这是深中肯綮的。

"为人性僻耽佳句,语不惊人死不休"。杜甫正是凭借这种执着不懈的艰苦探索,精益求精的艺术追求,使他的诗歌创作日臻完美,成为我国古代诗歌的巅峰之作,赢得了千百年来无数诗人的赞誉和景仰。施端教在《唐诗韵汇》中曾评价杜诗"博大高超,才兼诸美。"[3]其诗中数词对的巧妙运用正是诗人"才兼诸美"一个侧面的生动体现。

【注释】

(1)郭知达.九家集注杜诗.北京:中华书局,1982:314.

(2)袁行霈.中国诗歌艺术研究.北京:北京大学出版社,1987:35.

(3)丁福保.历代诗话续篇.北京:中华书局,1983:279.

第五节　词类活用

　　汉语是最富有诗意的语言,它没有明显的形态变化,其语词之间的组合往往"偏重心理,略于形式"[1],体现出一种重神摄、重意合的人文性特征。受这种特征的影响,汉语的词类划分也不像西方语言那样严格形式化与逻辑化,而是具有一定的模糊性与不确定性。有些语词在一定的语境中能够改变它的词性,临时用作另一类词。这种词类活用在古代散文中是一种语法现象,但在古典诗歌中则往往表现出强烈的修辞意味。这种语言变异方式能使诗句显得新奇脱俗,生动传神,有很强的表现力,因此也常常得到诗人的青睐,成为他们在诗歌语言运用时的一种审美手段。

　　杜甫的律诗创作代表古典诗歌,尤其是近体诗语言的最高成就,被誉为"千古律诗之极则"。他对诗歌语言的探索与创新进行了长期不懈的努力。"为人性僻耽佳句,语不惊人死不休",就是这种努力的真实写照。在他的律诗创作中,常常巧妙地运用词类活用这一变异方式来开拓诗歌的审美内涵,增强诗歌语言的审美功能。下面试从其活用的类型、特征及表达功能几方面进行初步的探析。

　　杜甫律诗中词类活用的常见类型有以下几种。

(一)名词活用作动词

1.愁眼看霜露,寒城菊自花。

《遣怀》

"花",本为名词,这里活用为动词,意思是"开花"。

2. 子能渠细石,吾亦沼清泉。

《自瀼西荆扉且移居东屯茅屋四首》

"渠细石",在细石间开渠;"沼清泉",引清泉蓄成池沼。

3. 古庙杉松巢水鹤,岁时伏腊走村翁。

《咏怀古迹五首》

"巢"本为名词,即鸟巢。这里意为"筑巢栖息"。

4. 晨钟云外湿,胜地石堂烟。

《船下夔州郭宿雨湿不得上岸别王十二判官》

"石堂烟",意为"石堂上生烟"。

(二)形容词用作动词

有以下三种不同的情况:

A 用作一般动词

1. 春日繁鱼鸟,江天足芰荷。

《暮春陪李尚书李中丞过郑监洞庭泛舟》

"繁""足"本为形容词,这里各自带上宾语"鱼鸟""芰荷",用作动词,意即"有许多"。

2. 他时如按县,不得慢陶潜。

《东津送韦枫摄阆州录事》

"慢",本义为"怠慢""轻慢",这里用作动词"慢待"。

3. 乱云低薄暮,急雪舞回风。

《对雪》

"低",这里意为"低低的笼罩"。

4. 草深迷市井,地僻懒衣裳。

《四舍》

"懒",形容词,这里用作动词"懒整(衣裳)"。

B 用作使动词

1. 骤雨清秋夜,金波耿玉绳。

《江边星月》

"清秋夜",使秋夜更清爽;"耿玉绳",使玉绳(星名)更明亮。

2. 秋水清无底,萧然静客心。

《刘九法曹郑瑕丘石门宴集》

"静客心",意即"使客心静"。

3. 云散灌坛雨,春青彭泽田。

《题郪县郭三十二明府茅屋壁》

"青",意即"使……变得一片青翠"。

4. 湖风扶戍柳,江雨暗山楼。

《九日登梓州城》

"江雨暗山楼",意即"江雨使山楼显得一片昏暗"。

C 用作意动词

1. 吾老甘贫病,荣华有是非。

《秋野五首》

"甘贫病",意即"以贫病为甘"。

2. 畦蔬绕茅屋,自足媚盘餐。

"媚盘餐",意即"觉得盘中之餐十分美好"。

3. 狎鸥轻白浪,倚仗喜青天。

"轻白浪",意即"觉得白浪没什么了不起"。

4. 看君用高义,耻与万人同。

"耻",意即"以……为耻"。

(三)动词用作使动词

1. 笔落惊风雨,诗成泣鬼神。

"惊风雨",使风雨受惊;"泣鬼神",使鬼神哭泣。

2. 返照入江翻石壁,归云拥树失山村。

"翻石壁",使石壁翻动;"失山村",使山村消失。

3. 秋庭风落果,瀼岸雨颓沙。

"风落果",风使果实落地;"雨颓沙",雨使沙岸颓塌。

4. 鼍吼风奔浪,鱼跳日映山。

"风奔浪",狂风使波浪奔涌。

"律诗重在对偶"[2],其中间两联要求在词性、句法结构等方面

大致相同,以形成匀称均衡、整齐凝重的美感。根据这一语式特征,杜甫律诗中往往借助对偶句来显示词性的变化。如:

草深迷市井,地僻懒衣裳。

《田舍》

上句中"迷市井"是动宾结构,那么下句中相对应的"懒衣裳"也应是动宾结构,"懒",由形容词活用为动词,意思是"懒整(衣裳)"。通过上句动词"迷"的比照,"懒"的变性就显明多了。这种情况在杜甫律诗中有很多,如"乱云低薄暮,急雪舞回风"(《对雪》),"月明垂叶露,云逐渡溪风"(《秦州杂诗二十首》),"四更山吐月,残夜水明楼"(《月》),"风动将军幕,天寒使者裘"(《西山三首》),"华亭入翠微,秋日乱清辉"(《重题郑氏东亭》),"江上小堂巢翡翠,苑边高冢卧麒麟"(《曲江二首》),等等,都是通过对仗上下句的相互映衬来显示词性的变化。叶圣陶先生曾说过:"因有对仗之法,乃令作者各逞其能,创为各种特殊句型……作者克达其意,读者能会其旨"。[3]这段话本来是评析古典诗歌中的特殊句型,但移用来评析杜甫律诗中的词类活用现象也同样十分贴切。

有时杜甫律诗对偶句上下两句中处于相对应位置(一般是述语)的词语同时都活用为动词。如:

1. 子能渠细石,吾亦沼清泉。

《自瀼西荆扉且移居东屯茅屋四首》

2. 春日繁鱼鸟,江天足芰荷。

《暮春陪李尚书李中丞过郑监洞庭泛舟》

3. 卷帘残月影,高枕远江声。

《客夜》

例1中的"渠""沼"都是名词用作动词;例2、3中的"繁""足""残""远"都是形容词用作动词。这些活用的词语在各自句中相对应的位置彼此映衬、相互比照,显示出词性与功能的变化。

黑格尔认为,"诗也是一个独特的领域,为着要和日常语言有别,诗的表达方式就须比日常语言有较高的价值"。[4]诗人们都力求选择一种独特的方式来运用语言,抒发情感,杜甫律诗中的词类活用实际上正是这样一种"特殊的方式"。借助这种表达方式,诗人有意偏离了人们习以为常的语言规范,创造了一种有别于常规语言的"陌生化"语言,以激活读者的新鲜的审美感受,同时也增强了诗歌语言的审美效应。具体体现于以下几个方面。

(一)凝练简洁,辞约意丰

律诗有严格的字句限制,要在有极为有限的语言空间表达丰富复杂的语义内容,就必须调动各种必要的表达手段,使得"笔有活法而不出法度,语词肆放而不逾规矩"[5]。恰到好处地运用词类活用这一方式能使诗歌语言更为凝练简洁、辞约意丰。如:

1.湖风扶戍柳,江雨暗山楼。

《九日登梓州城》

"江雨暗山楼",如用散文句式来表达,应为:江上的大雨使山边的城楼显得十分昏暗。但这些显然难以容纳在五言诗的句式中。诗人将"暗"这个形容词活用为动词,嵌于"江雨""山楼"之间,便以极为简洁的语言形式巧妙地表达了较为丰富的语义内容,不仅体现出律诗语言的弹性张力,而且经过词类活用这一语言变异后的诗句也显得生新脱俗,形象鲜明,给人留下较深刻的印象。

2.犬戎腥四海,回首一茫茫。

《送灵州李判官》

这句的意思是:犬戎残酷的杀戮使得四海之内充满血腥的气息。诗中将形容词"腥"活用为动词,仅以五个字就把这些语义内容表述得准确简练而又形象生动。这一活用后的"腥"字极为鲜明地突出了犬戎的血腥残暴行径与四海之内满目疮痍的悲惨情景。

(二)化静为动,意足神完

杜甫律诗中的词类活用大多是名词、形容词活用为动词,活用之后的词语既能保持其原来的形态与性状,又能表现出事物的动态,具有动静相生、形神皆备的审美效应。如:

1.云散灌坛雨,春青彭泽田。

《题郪县郭三十二明府茅屋壁》

"青"本为形容词,在诗中与"彭泽田"构成动宾词组以后,不仅能展现出春日田野一片青翠的静态画面,而且还能够描绘出春天大自然那蓬勃的生机。我们仿佛可以看到一大片"彭泽田"在春风吹拂、春雨滋润之下泛青、吐翠,渐渐融成一片青绿的动态过程。王安石《泊船瓜洲》中的名句"春风又绿江南岸"也许就是从老杜这一句中"青"的活用受到启示的。

2.华亭入翠微,秋日乱清辉。

《重题郑氏东亭》

"乱"本是个含有贬义的形容词,诗人将它活用为动词,与"秋日""清辉"组合在一起,便似乎点石成金,产生了一种奇妙的表达效果。"亭华山翠,映于秋日,故见清晖摇乱"。[6]诗句寓动于静,极为传神地描绘出一幅"山光物态弄秋晖"的迷人画面:秋阳映空,晴光摇曳,亭花弄影,山色凝翠,东亭四周处处洋溢着一种宁静宜人而又生趣盎然的秋韵。

(三)空灵飘逸,虚处传神

诗歌语言在很大的程度上是模糊含混的,尤其是律诗语言,由于字句声律的严格限制,表现出很强的弹性色彩,具体体现为词义的不确定与多义相容。诗歌理论家叶维谦先生说过:"(中国古代诗人)能以'不决定,不细分'保持物象之多面暗示性及多元关系,乃系依赖文言之超脱语法及词性的自由,而此自由可以让诗人加强物象的独立性、视觉性及空间玩味"[7]。杜甫律诗中的词类活用方式的运用正是"依赖文言的超脱语法及词性的自由"来使诗歌语言具有一种朦胧的意味,从而丰富了诗歌的审美蕴含。如:

1.四更山吐月,残夜水明楼。

《月》

诗句中的"明",活用为动词充当句中的述语,使诗句的语义变得模糊不定,形成"多面暗示性",能引发读者不同的审美联想:究竟是月光照亮了楼,还是水光映明了楼呢?抑或是山头的月光与水面泛起的波光共同把楼映亮呢?诗句的语义并不确定。"文学语言越是空灵、飘逸,审美程度越高,它给人留下的审美感受的开阔地也就越大,其意义就越广宽"(8)。正因为有这种"多面暗示性",读者尽可以调动自己的经验与想象去营构和丰富诗的意境,从中获得审美愉悦。

2.骤雨清秋夜,金波耿玉绳。

《江边星月》

诗的上句可作两种不同的解释:一种是把"清"理解为形容词,用来修饰"秋夜"。那么这句诗就成为一个名词句"一个骤雨过后清爽的秋夜",与下一句构成偏正关系。另一种是把"清"理解为形容词活用作使动词,那么这句诗就成为一个动词谓语句"一场骤雨使秋夜变得清爽宜人",与下一句构成并列关系。这两种解释既有联系又有区别,但似乎都可以成立,这就在一定程度上形成了诗句的歧义。"诗含两层意,不求其佳而自佳"(9)杜甫律诗词类活用形成的歧义往往将诗的语言变得朦胧闪烁、飘忽不定,从而增添了诗句的"空间玩味",同时也激发起读者共同参与诗歌意境的审美创造。

(四)烘托气氛,寓情于景

杜甫律诗中活用的语词大多是诗人精心锤炼的"诗眼",具有很强的表现力,往往能有效地烘托出某种特定的氛围,于写景状物过程中含蓄巧妙地抒发自己内心深处的幽思。如:

1.千家山郭静朝晖,日日江楼坐翠微。

《秋兴八首》

2.城上春云复苑墙,江亭晚色静年芳。

《曲江对雨》

以上两例中的"静",都是形容词活用作动词。例1的意思是：千家山郭寂静地伫立于朝晖之中。金圣叹曾评析这句诗："'静朝晖',言其冷寂也。"[10]例2的意思是：年芳（花草）在江亭暮雨中寂寞开放。仇兆鳌评析这句诗："年芳晚静，雨际寂寥也。"[11]这两句诗中所写的虽是一春一秋、一朝一暮、一雨一晴，但同样都是弥漫在一种冷清寂寥的氛围之中。这两个"静"字，渗透着诗人心中浓郁的家国之思、身世之感，读罢令人"无限低徊伤感"。

3. 愁眼看霜露，寒城菊自花。

《遣怀》

诗中的"花"是名词活用作动词，意即"开花"。在诗人的"愁眼"之中，那边塞的寒城一片冷落荒凉的景象，只有那野菊仍在霜露中绽放。自然界花草的无限生机与尘世间人事的无比萧条形成了强烈的反差。这种表达方式与刘禹锡的"朱雀桥边野草花，乌衣巷口夕阳斜"（《乌衣巷》）有着异曲同工之妙。

（五）反常合道，无理而妙

巴尔扎克曾经说过，艺术家的使命"在于能找出两件最不相干的事物之间的关系，引出令人惊奇的效果。"在杜甫的律诗中我们可以看到这样一种现象，诗人运用同类活用的方式将两个本不"相干"的词语"不合情理"地组合在一起，从中催发出一种"令人惊奇的效果"来。如：

返照入江翻石壁，归云拥树失山村。

《返照》

这两句诗若用常规语言来表述,似应为:"返照入江映石壁,归云拥树掩山村。"而诗人在这里偏用两个使动词来打破原来的语言常态,形成某种程度的变异。"翻石壁",意即"使山村消失"。这很显然是诗人心中一种审美错觉的示现。在诗人的感觉中,仿佛是江面上晃漾的夕晖在使岸边的石壁翻动着,仿佛是大片的归云在使山村消失得无影无踪。诗句中那原本没有生命力的"返照""归云",也似乎都充满了灵性和活力。这种错觉虽"反常",却"合理",它能够更为真切传神地反映出诗人在特定情境之中所产生的一种新奇独特的审美体验,显得无理而妙。

(六)调整句式,谐和声律

律诗讲究平仄、对仗与押韵等,有时适当地运用词类活用的方式还能起到调整句式与平仄,以谐和声律的作用。如:

1. 江上小堂巢翡翠,苑边高冢卧麒麟。

《曲江二首》

2. 晨钟云处湿,胜地石堂烟。

《船下夔州郭宿雨湿不得上岸别王十二判官》

例1的上句如用常规语式来表达,则应为:江上小堂中,翡翠鸟筑巢栖居。这样既无法用七言律句来表达,又无法与下句构成对仗。诗人将"巢"这一名词活用为动词之后,便与"翡翠"构成述宾词组。这样一方面调整了句式,使之入律,另一方面又正好与下句"苑边高冢卧麒麟"构成工稳的对仗。例2中的"烟"也同样是名词活用作动词,意思是"烟雾飘浮"(或"升腾")。假如诗句中仍用动词(如"生、浮、飘、袅"等),便不可能完整准确地表述出"烟雾飘浮"的含义,而且还有乖平仄与押韵,著一"烟"字,将其活用为动词,便使诗句显得凝练紧凑,形象鲜明,意义也完整准确。同时,"烟"也正好与诗中其他韵脚字("船、娟、悬、贤")协韵。从这一"烟"字的活用,我们也能够深切体会到诗人精心锤炼语言的艺术匠心。

"当一个诗人创造一首诗的时候,他创造出的诗句并不单纯是为了告诉人们一件什么事情,而是想用某种特殊的方式去谈论这件事情"[12]杜甫律诗中的词类活用正是这样一种"特殊的方式"。他的律诗语言能"常常突破概念指向和语法逻辑,被奇特地组合着,被奇崛地创造着,被奇异地改变着"[13]借助这种方式,能有效地形成诗歌语言的"陌生化"机制,细腻真切地传达出诗人对审美对象的独特体验。借助这种方式,能大大增强诗歌语言自身的审美效应。这些都值得我们今天去进一步深刻地领会与认真总结。

【注释】

(1)徐静茜.汉语的"意合"特点与汉人的思维习惯.湖州师专学报,1987(6):15-19.

(2)谢榛.四溟诗话.北京:人民文学出版社,2010:89.

(3)王力.王力诗论.南宁:广西人民出版社,1988:67.

(4)黑格尔.美学:第三卷.北京:商务印书馆,1979:22-23.

(5)杨匡汉.弹性语言.文学评论,1994(1):27-34.

(6)仇兆鳌.杜诗详注.北京:中华书局,1979:521.

（7）叶维谦.中国古典诗与英美现代诗语言美学的汇通//饮之太和.台北:台湾时报出版社,1970:54.

（8）李明生.论文学的语言存在和文学的超语言性.云南教育学院学报,1988(3):56－63.

（9）袁枚.随园诗话.北京:昆仑出版社,2001:437.

（10）金圣叹.金圣叹选批杜诗.北京:北京联合出版公司,2018:507.

（11）仇兆鳌.杜诗详注.北京:中华书局,1979:483.

（12）苏珊·朗格.艺术问题.南京:南京出版社,2006:160.

（13）杨匡汉.弹性语言.文学评论,1994(1):27－34.

第六节　特殊名词词组

　　杜甫诗歌,尤其是他所擅长的律诗中常常出现一些较为特殊的名词词组。这类名词词组一般是偏正式结构。如"风磴"(《陪郑广文游何将军山林十首》:"风磴吹阴雪")、"霜钟"(《西阁三度期大昌严明府同宿不到》:"金吼霜钟彻")、"藤萝月"(《秋兴八首》:"请看石上藤萝月")等。说它特殊,是因为与散文相比较,这类名词词组的定语与中心语之间的关系显得要复杂一些。如上面举的"藤萝"对"月"既非性状上的修饰,亦非范围上的限定,它们之间也不能简单地插入一个"之"字表示领属关系。其意义联系需要根据上下文去灵活地把握。这类名词词组在诗中往往具有一般名词词组所不具备的表达功能,它是形成"诗家语"审美特征的重要方式之一,值得我们去进行深入的探讨。

　　从构成方式来看,近体诗中这类特殊名词词组主要有以下几种类型:(一)名词＋名词;(二)动词(动词词组)＋名词;(三)形容词＋名词。以下举例分析。

(一)名词＋名词

　　1.(竹)风连野色,江沫拥(春)沙。

《云游》

　　2.(云)石荧荧高叶曙,(风)江飒飒乱帆秋。

3.（岸）容待腊将舒柳，（山）意冲寒欲放梅。

《小至》

4.秋水清见底，萧然静（客）心。

《刘九法曹郑瑕丘石门宴集》

5.画图省识（春风）面，环佩空归（月夜）魂。

《咏怀古迹五首》

6.百顷（风）潭上，千章夏木清。

《陪郑广文游何将军山林十首》

7.（岸）花飞送客，（樯）燕语留人。

《发潭州》

8.（水）花晚色静，庶足充淹留。

《夏日李公见访》

9.夜郎（溪）日暖，白帝峡风寒。

《十月一日》

在一般情况下，名词充当定语主要是对中心词在领属、时间、处所等方面进行限定，意思比较直接、比较显豁。如"风声"即"风的声音"；而"风潭"（"百顷风潭上"《陪郑广文游何将军山林十首》）则不然，其意思是"微风轻拂的潭上"，表达比较曲折，意蕴也比较丰富。再试比较"请看石上藤萝月，已映洲前芦荻花"一联。其中，"芦荻花"即"芦荻之花"，定语与中心词的关系是直接的，表示领属关系；而"藤萝月"却非"藤萝之月"，而是指"映在藤萝间的月色"，其意义显得比较空灵，要根据诗中的上下文细加揣摩。他如"水花""云石""风磴""楚帆""春风面"等等,其定语与中心词之间的关系都需要作灵活的把握,不能用简单的限定、修饰等关系来概括。

(二)动词 + 名词

可分为两类:动词 + 名词;动词词组 + 名词。如:

A 动词 + 名词

1. 乔口橘洲风浪促,(系)帆何惜片时程。

《酬郭十五判官》

2. (仰)蜂黏落絮,(行)蚁上枯梨。

《独酌》

3. (狎)鸥轻白浪,归雁喜青天。

《倚杖》

4. 闲逐(劝)杯下,愁连(吹)笛生。

《泛江送客》

B 动词词组 + 名词

1. 月明(垂叶)露,云逐(渡溪)风。

《秦州杂诗二十首》

2. (暗飞)萤自照,(水宿)鸟相呼。

《倦夜》

3. (糁径)杨花铺白毡,(点溪)荷叶叠青钱。

《绝句漫兴九首》

4. (暂止飞)鸟将数子,(频来语)燕定新巢。

《堂成》

以上所引"动词 + 名词"所构成的名词词组在杜诗中时常可见,它与一般散文中所见到的相同结构的名词词组有所不同。如"鸣鸥",是指"鸣叫着的鸥","飞鸥"是指"飞翔着的鸥",意思是直接的、明白的;而杜诗中的"狎鸥"则不然,其修饰语"狎"与中心语"鸥"之间的关系不是那么直接、明显,须细加揣摩才能领会。至于由"动词词组 + 名词"构成的名词词组更是如此。它在杜甫律诗中很常见,除了上引数例外,还有"逐浪鸥"(《江涨》)、"行地日""度山云"(《江阁对雨》)、"穿花蛱蝶""点水蜻蜓"(《曲江二首》)、"抱叶寒蝉""归山独鸟"(《秦州杂诗二十首》)等。这种语言现象在杜甫之前的诗歌作品中很少见到,在杜甫古体诗中也很少见到。如上引例4中的以"暂止飞"为定语修饰"鸟",以"频来语"为定语修饰"燕",这种组合关系只有在近体诗尤其是律诗中才有可能,也才有必要。它的形成与近体诗的特殊语式有关,这一点后文还将论及。这种灵活的组合关系能在有限的语言空间中表达出尽可能丰富的语义信息,使诗句显得更为凝练蕴藉。

(三) 形容词 + 名词

1. 风林(纤)月落,衣露(静)琴张。

《夜宴左氏庄》

2. (香)雾云鬟湿,清辉玉臂寒。

《月夜》

3. (芳)宴此时具,(哀)丝千古心。

《同太守登历下古城员外新亭》

4.瞿唐峡口曲江头,万里风烟接(素)秋。

《秋兴八首》

5.(乱)波分披已打岸,(弱)云狼籍不禁风。

《江雨有怀郑典设》

6.骥病思(偏)秣,鹰秋怕(苦)笼。

《敬简王明府》

7.娟娟戏蝶过(闲)幔,片片轻鸥下急湍。

《小寒食舟中作》

8.不见高人王右丞,蓝田丘壑漫(寒)藤。

《解闷十二首》

形容词作定语一般是从性状方面对中心词进行修饰,所揭示的大都是中心词的基本属性,如"高山""嫩草""明月""轻舟"等;但上面所引的例句并非如此,其修饰语表达的性状似乎很难与中心词直接合榫,显得好像有些"不和谐"。试比较一下"薄幔"与"闲幔",前者以"薄"饰"幔",其意义指向是直接的、确定的,意即"薄的帷幔",而后者以"闲"饰"幔",则似乎有些别具意味。"闲"本是用来表心情的形容词,这里用来表现自己在特定的情境中所产生的某种审美感觉,其组合关系比较别致。其他如"素秋""芳樽""哀丝""弱云""静琴"等,其修饰语与中心词之间的关系都是间接的,耐人寻味的。

近体诗语言具有一种独特的审美张力。这种审美张力在很大程度上来自语言结构方式的灵活性,诸如语序的颠倒错综,语义的跳跃伸缩,语词的超常搭配,等等。这种灵活性使得诗歌语言充满了审美弹性。杜甫诗歌中特殊名词词组正是形成这种审美弹性的重要手段之一。它产生的审美效应至少体现于以下几个方面。

(一)丰富了诗歌意象的审美蕴含

"当一个修饰语修饰名词时,它不仅强调一种性质,而且又暗示了该性质所具有的物理意义。"[1]杜甫诗歌中的特殊名词词组正是这种具有复杂内涵的审美意象。其定语并不是对中心词做平面的、直接的、简单的限定或修饰,而是试图从不同的角度、不同的层面对中心词进行多维的、立体的"暗示",从而有效地丰富诗歌中意象的审美内涵,使其显得更为新奇隽永。这种"暗示"通常有以下几种形式。

感觉相通

构成名词词组的定语与中心词分别由表示不同感觉的语词构成,一经组合,便使两种不同的感觉相通相融。或以视觉饰听觉,如"霜钟";或以嗅觉饰视觉,如"香雾";或以味觉饰视觉,如"苦笼";或以触觉饰听觉,如"寒砧";等等。各种不同的感觉形象在诗中相互渗透沟通,从而有效地拓展了诗歌意象的审美蕴含。

动静相生

构成名词词组的定语是呈动态的,而中心词则相对是呈静态的。两者一经组合,原本处于静止状态的景象就活了。如"穿花蛱蝶""点水蜻蜓";"迎风燕""逐浪鸥";"垂叶露""渡溪风";等等。这类名词词组中的定语都是表动态的。通过它们的"暗示",中心词所表示的物象都充满着栩栩如生的动感,跃然纸上,呼之欲出。

时空相应

即或以时间词饰空间词,如"春沙""夕浪":"春""夕"都是表示时间的名词,"沙","浪"都是表示空间的名词。或以空间词饰时间词,如"星桥夜""阴崖秋"等:"星桥""阴座"是表空间的名词,而"夜""秋"则是表示时间的名词。如此时与空两个维度相互交融,彼此辉映,构成一种立体的审美意象。

虚实相成

构成名词词组的定语与中心词两者一虚一实,相生相成。如"素秋""闲幔""静琴""寒鸥"等,定语都是比较抽象的,而中心词则是比较具体的,从而以虚饰实,化质实为空灵。"山意""夜月魂""犬羊天"等,定语是具象的,而中心词则是抽象的,从而以实饰虚,变无形为有形。如此虚而实之,实而虚之,使诗歌中的意象显得空灵蕴藉,意味隽永。

从以上分析可以看出,杜诗中这类名词词组的定中关系大多是多维的、立体的、不确定的。这种灵活的组合关系从不同角度丰富了诗歌意象的审美内涵。

(二)拓展了诗歌语义的表达空间

杜甫诗歌中这类特殊名词词组其表层语义结构比较松散,尤其是以名词为定语的,往往利用一种未确定的语义联系,"在物象与物象之间作若即若离的指义活动"[(2)]。这在一定程度上造成语言的多义性与诗境的朦胧性。这样就能使读者在鉴赏过程中"获得一种自由观、感、解读的空间"[3]，并从而激发起他们强烈的参与意识。如"云石"（"云石荧荧高叶曙"《简吴郎司法》）这一名词词组在诗中既可理解为"如云之石"，也可理解为"云绕之石"；"月台"（"忘归步月台"《徐九少尹见过》）既可理解为"如月形之台"，也可理解为"月下之台"。至于"云竹"（"赏静怜云竹"《徐九少尹见过》）是"云萦绕之竹"还是"如绿云之竹"，"溪日"（"夜郎溪日暖"《十月一日》）是"溪中的日影"还是"溪畔之日光"，诗都没有明确指出。其修饰语与中心词之间的关系都是不确定的，具有一种模糊多义性，可以任凭读者根据自己的审美经验去自由联想，参与创造。谢榛认为作诗"妙在含糊，方见作手"[4]。也就是说诗歌应当写得迷离恍惚，构成一种"蓝田日暖玉生烟"般的迷人意境，使人通过鉴赏从中获得难以言喻的审美愉悦。清代著名诗论家叶燮曾经说过："诗之至处，妙在含蓄无垠，思致微渺。其寄托在可言可不言之间，其指归在可解可不解之会，言在此而意在彼。泯端倪而离形象，绝议论而穷思维，引人于冥漠恍惚之境，所以为至也。"[5]杜诗中特殊名词词组定中关系之间那种模糊不定的组合关系能巧妙地营构出这种"含蓄无垠、思致微妙"的审美情境，从而有效地拓展了诗歌语义的表达空间。

（三）增强了诗歌语言的审美弹性

精警凝练、充满弹性是近体诗语言的显著特征之一。这种弹性的形成在很大程度上须借助语词与语词之间的超常组合。杜甫诗歌中特殊名词词组正是这种组合的一种主要形式。它似乎往往偏离表达常规,但若细细咀嚼,这些偏离常规的组合的确能给人一种生新脱俗的美感。这虽"反常而合道",但比常规语式组合更为新奇别致,具有独特的韵味。如"山意""竹风""寒灯""惊帆""芳樽""素秋""狎鸥"等。其定语与中心词之间大都保持着一种若即若离的语义联系,形成一种充满弹性与张力的语义场。试比较"心意"与"山意"、"微风"与"竹风"、"油灯"与"寒灯"、"布帆"与"惊帆"、"金樽"与"芳樽"、"深秋"与"素秋"、"白鸥"与"狎鸥"等,就能发现,前者定中之间的关系是平面的、确定的、单义的,虽准确但缺乏丰富的美感。而后者则是立体的、模糊的、多义的,富有美感与弹性,能充分激发读者的审美想象与情感共鸣。

在杜诗中,这种弹性与张力的形成还表现于同一个修饰语能够与许多不同的中心词组合成特殊名词词组。仅以"寒"为例,在杜诗中就可以分别构成:

寒房	寒房烛影微	《夜》
寒灯	寒灯亦闭门	《晚》
寒鸥	江浦寒鸥戏	《鸥》
寒砧	寒砧昨夜声	《客旧馆》
寒雨	寒雨下霏霏	《雨四首》
寒蝉	抱叶寒蝉静	《秦州杂诗二十首》
寒云	棘树寒云色	《陪郑广文游何将军山林十首》
寒鱼	寒鱼依密藻	《草堂即事》
寒菊	朔云寒菊倍离忧	《长沙送李十一》
寒藤	蓝田丘壑漫寒藤	《解闷十二首》

其他还有"寒城""寒杵""寒色""寒女""寒事""寒花""寒玉""寒芜""寒筝""寒文""寒甓"等,其修饰语"寒"与中心词之间的语义联系一般都不是确定性的。如"寒杵"并不是"寒冷的杵声","寒事"也不是"寒冷的事情","寒文"更不是"寒冷的文字"。它所表达的只是诗人在特定的情境中所产生的内心感受。这类名词词组语式灵活、意蕴丰富,充分体现了诗人"语不惊人死不休"的审美追求。

杜甫诗歌中这类特殊名词词组形成的原因是多方面的,其中最主要的原因就在于汉语重意合、重神摄的人文性特征。这一点在近体诗中尤为突出。由于篇幅与声律的局限,近体诗的语义表达不可能像散文那样要求字面完整、具体、精确、连贯,而是表现出一定的自由度。语序可以颠倒错综,语义可以模糊不定,语词之间可以超常组合。正如钱钟书先生所指出的:"声律愈严,则文律不得不愈宽"(6)。格律的谨严与表达的灵活,体式的短小与内容的丰富构成了近体诗语言艺术的辩证统一。杜诗中特殊名词词组的巧妙运用既不违背严谨的诗歌声律,又能体现出丰富的审美变化,"从心所欲不逾矩"(《论语·为政》),充分体现了近体诗语言艺术的辩证规律。遵循着这一艺术规律,一代代的诗人们在创作过程中才能"中律而不为律所缚"(7),获得充分的审美创造的自由,从而一骋才情,写出不朽的名篇佳作。

【注释】

(1)高友工,梅祖麟.唐诗的魅力.上海:上海古籍出版社,1990:55-56.

(2)叶维廉.中国诗学.北京:生活·读书·新知三联书店,1992:18.

(3)叶维廉.中国诗学.北京:生活·读书·新知三联书店,1992:18.

(4)谢榛.四溟诗话.北京:人民文学出版社,2010:207.

(5)尹贤.古人论诗创作.北京:中国书籍出版社,2020:65.

(6)钱钟书.管锥编.北京:中华书局,1979:827.

(7)刘熙载.艺概.上海:上海古籍出版社,1983:78.

第二章 琢句——"最传秀句寰区满"

第一节 常用句法

　　杜甫的律诗代表了古代格律诗创作的最高成就。数百年来，受到许多诗论家的高度评价。如云"七律至于杜子美，古今变态尽矣"（乔亿《剑溪说诗》），"少陵律诗，细润不碍老苍，纵横适合雅则，吾师乎！吾师乎"（张谦宜《𬨎斋诗谈》），"律诗寓拗峭以矫时弊，法出盛唐人，而少陵备极变态"（许印芳《诗法萃编》），"律诗至杜工部而曲尽其变。盖昔人多以自在流行出之，作者独加以沉郁顿挫。其气盛，其言昌。格法、句法、字法、章法，无美不备，无奇不臻，横绝古今，莫能两大"（管世铭《读雪山房唐诗钞》）。从这些评论可以看出，杜甫律诗创作中最可贵的地方正在于他善于融汇古今，纵横变化，自创新格。以至他的律诗被人誉为千古律诗之极则。本节拟就杜甫律诗中几种常见的句法形式作些例析，以期从一个侧面对杜诗语言运用的审美特征进行探讨。

（一）逆时句

　　诗中一联上下句的位置有意颠倒，"不用平笔顺拖，而用逆笔倒挽"[1],这种句法称为逆挽句,它可分为时序逆挽与事理逆挽两种。

时序逆挽

上下句在时间上前后倒置,如:

1. 几时杯重把? 昨夜月同行。

《奉济驿重送严公四韵》

先抒发眼前之慨叹,后叙写昨夜之先行踪。"语用倒挽,方见曲折,若提昨夜句在前,便直而少致矣"。[2]

2. 今日江南老,他时渭北童。

《社日二篇》

上句言"今日",下句忆"他时",语势逆挽以成顿挫之势,其中蕴含着深挚强烈的人生今昔感叹。

3. 更为后会知何地? 忽漫相逢是别筵。

《送路六侍御入朝》

先言未来之"后会",后言今日之"相逢",而相逢又即将离别。诗人心中那重逢的喜悦,离别的惆怅相互交织,似只可通过诗句间的逆挽表现出。

事理逆挽

上下两句在逻辑关系上相互倒置。如:

1. 花近高楼伤客心,万方多难此登临。

《登楼》

诗人在战乱中长期漂泊西南,春日登楼,见花开烂漫,不禁触目伤怀。后句才揭示出"伤客心"的缘由——"万方多难"。诗句由果而溯因,逆而不顺,"遂精彩有力,通篇为之增色"[3]。

2. 故人亦流落,高义动乾坤。

何日通燕塞? 相看老蜀门。

《送裴五赴东川》

这两联其内在的逻辑关系应为:故人高义动乾坤,(竟)亦流落。(彼此)相看老(于)蜀门,何日(可)通燕塞? 正如吴瞻泰所指出的:"发端突兀,语属倒句,三四倒跌。"[4]诗句经逆挽之后,不仅"语峻而体健",而且"意亦深稳"。

多用逆挽句是杜甫律诗的一种表达手段,它能化板滞为跳脱,增强诗句的弹性力度,形成一种跌宕回旋的美感。"公诗所以有波澜者,皆不肯顺叙故也"[5]。此话可谓道出了此中之三昧。

(二)设疑句

据有关资料,在杜甫600多首律诗中,用设疑共200多处,150多首七律中,用设疑90多处[6]。可见设疑句是杜甫诗中极为常见的句法形式。这些设疑句有时用在全诗的开头,以振起全篇。如:

1. 丞相祠堂何处寻? 锦官城外柏森森。

《蜀相》

2. 凉风起天末,君子意如何?

《天末怀李白》

3. 西京安稳未? 不见一人来。

《早花》

律诗讲究起承转合,起处要求警策有力,为全篇张本蓄势。以设疑句开篇,能给人一种破空而来、先声夺人之感。例1是诗人寻访诸葛亮祠堂所作,以设疑句开篇,上下句一引一发,相互呼应,其"追慕结想之意",尽蕴含于这一问一答之中。同时,设疑句法的运用不仅使语式劲健有力,而且也自然地为后面扩展了抒情空间。例2所表达的是对朋友李白的怀念之情。当时李白获罪而流放夜郎,途中遇赦后回到湖南,时值秋风乍起,万物萧疏。诗人身居秦州,极目南天,思念友人,遂遥相问讯。诗句言浅意深,寄慨悠远。"千里关情,真堪声泪交下"。[7]

有的设疑句用在全诗的结尾处,别具一番情味。如:

1.飘飘何所似? 天地一沙鸥。

《旋夜书怀》

2.何时一樽酒,重与细论文?

《春日忆李白》

3.明年此会知谁健? 醉把茱萸仔细看。

《九日蓝田崔氏庄》

例1设问设答,借物抒情,深沉而含蓄地表现了诗人内心漂泊无依的感伤和自由不羁的志趣。例2问而不答,寄意言外。对友人的深切关怀以及盼望相聚的强烈愿望都寓于这一问之中,令人掩卷后回味无穷。例3上句的设问唱叹而起,下句则似答而非答,通过手把茱萸醉眼细看这一外部动作来显示内心复杂的情感活动:这茱萸虽好,但明年此会又还有谁会插着它来重聚呢? 无限的惆怅之情欲说还休,意味深婉悠长。

这种以问作结的句法在杜甫律诗中十分常见。如"客愁全为减,舍此复何之?"(《后游》),"不辞万里长为客,怀抱何时得好开?"(《秋尽》),"十月清霜重,飘零何处归?"(《萤火》),等等,都是"挹之而源不穷,咀之而味愈长"的佳句,让人读后引起深沉的共鸣。

(三)名词句

名词句亦被称为"不完全简单句",一般是指那些由名词或名词性词组相连而构成的句子。这是古典诗歌,尤其是律诗中常见的句法形式。如:

1.乾坤万里眼,时序百年心。

《春日江村五首》

2.烟火军中幕,牛羊岭上村。

《秦州杂诗二十首》

3.细草微风岸,危樯独夜舟。

《旅夜书怀》

4.藻镜留连客,江山憔悴人。

《送孟十二仓曹赴东京选》

5.渭北春天树,江东日暮云。

《春日忆李白》

6.日月笼中鸟,乾坤水上萍。

《衡州送李大夫七丈勉赴广州》

诗歌是通过语言营构意象来表达情意的。由于格律与篇幅的限制,需要诗人难中见巧,别出心裁,创造出一种言简义丰的"诗家语"来表情达意。名词句正是一种典型的"诗家语"。唐以前这种名词句在诗歌中很少出现,盛唐一些诗人如王维、李白的诗中有时可以见到这种句法。如"床前磨镜客,林里灌园人"(王维《郑果州相过》),"浮云游子意,落日故人情"(李白《送友人》)。而在杜甫律诗中,这种句法出现的频率要高得多。它是诗人精心营造的一种意象结构,即"意象迭加"。这类名词句中既没有动词、形容词充当谓语,也没有关联词语以显示逻辑关系,因而便形成了语义上的空白。这些空白需要读者调动自己的经验积累,通过审美想象去进行创造性的补充。王力先生就曾在《汉语诗律学》中把例1补充为:"乾坤(浩荡),万里之眼(徒伤);时序(迁流),百年之心(已碎)";把例2补充为:"烟火(冲寒),(隐约见)军中之幕;牛羊(归晚),(依稀认)岭上之村"。通过这种创造性的补充,诗句的审美内涵就丰富得多了。有时由于诗句中意象与意象之间的关系难以确定,使得诗句可作多种不同的理解。比如"渭北春天树,江东日暮云"一联,历代的诗评中就出现过多种阐释。如:

1. 公居渭北,白在江东,春树暮云,即景寓情,不言怀而怀在其中……

仇兆鳌《杜诗详注》

2. 五句寓言已忆彼,六句悬度彼忆已。

黄生《杜诗说》

3. (白)昔为供奉若春天树,而今放废则日暮云也。

夏力恕《杜文贞诗增注》

4. 借指李白诗风,如春树之清新,暮云之飘逸。

5.（我）斜倚渭北春城之树,遥望江东日暮之云。

这些不同的说法真可谓见仁见智,难以轩轾。这正是因为"意象迭加"式的名词句为阅读者介入诗歌意境的创造提供了想象的自由,从而也就使诗句的审美空间得到了有效的拓展。正如英国十八世纪美学家休姆所说的"两个视觉意象构成一个视觉和弦,它们的结合暗示一个崭新面貌的意象。"应该指出的是,杜甫律诗名词句所构成的"视觉和弦"所暗示的往往是多种"崭新面貌的意象",其中饱含诗人的艺术匠心。

（四）散文句

杜甫在创作中往往有意识地"以古文法为律","于规矩绳墨中错以古调,如生龙活虎,不可把捉"。体现在语言形式上,就是在律诗中恰到好处地运用散文句法。如:

1.高义终焉在,斯文去矣休。

《奉送王信州崟北归》

2.江流大自在,坐稳兴悠哉。

《放船》

3.去矣英雄事,荒哉割据心。

《峡口二首》

4.白也诗无敌,飘然思不群。

《春日忆李白》

5. 城尖径仄旌旆愁,独立缥缈之飞楼。

《白帝城最高楼》

6. 杖藜叹世者谁子,泣血迸空回白头。

《白帝城最高楼》

7. 晚节渐于诗律细,谁家数去酒杯宽?

《遣闷戏呈路十九曹长》

"律诗本贵乎整",其语言的组合力求整饬凝练,但如果一味追求均齐严整,则有可能使诗句流于板滞。"诗中有文,词调流畅"。⁽⁸⁾适当地在律诗中运用散文句,使之与诗中其他律句相互比照映衬,能使诗歌的旋律产生一种既整齐又流动的美感。如《和裴迪登蜀州东亭送客逢早梅见寄》:

东阁官梅动诗兴,还如何逊在扬州。

此时对雪遥相忆,送客逢花可自由?

幸不折来伤岁暮,若为看去乱乡愁。

江边一树垂垂发,朝夕催人自白头。

诗中运用了一系列的虚词,如"还、相、可、幸不、若为"等,使诗句呈散文化,语气斡旋流转,纡徐有致,情韵深婉悠长,故被谢榛赞为"句法老健,意味深长,非巨笔不能到"。散文句的灵活运用能够使诗句变平板为流转,化质实为空灵,词调流畅、语势健练、情致深邈。这也充分体现出杜甫律诗语言运用的一个显著特征。

(五)错位句

错位是指诗句中的语序与常规语序不一样,出现错综或颠倒。

这种错位句在近体诗中并不罕见,但往往是出于谐调平仄或押韵的需要。而在杜甫律诗中这种句法的运用还有其他的表达功能。下面试作例析:

谓语错位

1.暗飞萤自照,水宿鸟相呼。

《倦夜》

<u>萤</u> 暗飞自照,<u>鸟</u> 水宿相呼。

2.惯看宾客儿童喜,得食阶除鸟雀驯。

《南邻》

<u>儿童</u> 惯看宾客喜,<u>鸟雀</u> 得食阶除驯。

定语错位

1.委波金不定,照席绮愈浓。

《月圆》

委(金)波不定,照(绮)席愈浓。

2.宁闻倚门夕,尽力洁飧晨。

《寄张十二山人彪三十韵》

宁闻倚门久,尽力洁(晨)飧。

状语错位

1.晴浴狎鸥分处处,雨随神女下朝朝。

《夔州歌十绝句》

——"分处处"即"[处处]分","下朝朝"即"[朝朝]下"。

2.客病留因药,春深买为花。

《小园》

——客病[因药]留,春深[为花]买。

宾语错位

1. 滑忆雕胡饭,香闻锦带羹。

《江阁卧病走笔寄呈崔卢两侍御》

——忆雕胡饭(之)滑,闻锦带羹(之)香。

2. 鱼知丙穴由来美,酒忆郫筒不用沽。

《将赴成都草堂途中有作先寄严郑公五首》

——知丙穴鱼由来美,忆郫筒酒不用沽。

交叉错位

即句中几种成分交叉出现错位。如:

1. 石泉流暗壁,草露滴秋根。

《日暮》

——(暗)泉流(石)壁,(秋)露滴(草)根。

2. 春酒杯浓琥珀薄,冰浆碗碧玛瑙寒。

《郑驸马宅宴洞中》

——春酒浓琥珀杯薄,冰浆寒玛瑙碗碧。

3. 香稻啄余鹦鹉粒,碧梧栖老凤凰枝。

《秋兴八首》

——鹦鹉啄余(香稻)粒,凤凰栖老(碧梧)枝。

王世贞曾指出:"句法有直下者,有倒插者,倒插最难,非老杜不能也。"这里所说的"倒插"指的就是语词错位现象。杜律中的错句运用有时是为了调节平仄与声韵,如"暗飞萤自照,水宿鸟相呼","尽力洁飧晨"等。但更多的情况下与谐律无关,而是着眼于审美效应。这种效应至少可体现于以下几方面。

1.对诗中某些意象进行强调。如"香稻啄余鹦鹉粒,碧梧栖老凤凰枝"一联,诗人所要强调的是"香稻""碧梧"这两个意象,所以将其置于句首以突出。明代诗论家颜延榘说得很明白:"香稻句见丰收之象,碧梧句见有道之时"。错综之后,诗句歌颂"丰收""明时"的主旨就更好地得到了体现。

2.使诗中意象朦胧化,丰富了审美蕴含。如"春酒杯浓琥珀薄,冰浆碗碧玛瑙寒"一联中,"浓""薄""碧""寒"四字相互映衬,彼此渗透,让人读后一时竟分辨不出"'琥珀'是'酒'是'杯','玛瑙'是'浆'是'碗'。一色两耀,精丽绝伦"[9],从而产生一种恍惚迷离,难以言喻的美感。

3.增强了诗句的弹性与力度。据《西清诗话》所载,王安石曾将王仲至一诗的"日斜奏罢长杨赋"改为"日斜奏赋长杨罢",并说"诗家语如此乃健"。由此可见,恰到好处的错位能使诗句产生一种新奇劲健的美感。如果试将杜诗"鱼知丙穴由来美,酒忆郫筒不用沽"改为常规语序:"知丙穴鱼由来美,忆郫筒酒不用沽",意思或许会更显豁一些,但诗意也就荡然无存了。一经错位,不仅突出了"鱼""酒"之美,而且诗句也显得健练劲峭,充满近体诗语言所特有的弹性。正如王得臣所指出的那样:"(杜诗)多离析或倒句,则语峻而体健,意亦深稳"。

(六)流水句

所谓"流水句",是指一联中的两个格律句系由一个语法构成,

上下两句一气而下,犹如流水下滩。如:

1.遥怜小儿女,未解忆长安。

《月夜》

——遥怜小儿女,未解忆长安。

2.谁怜一片影,相失万重云。

《孤雁》

——谁怜一片影,相失万重云。

3.自闻茅屋趣,只想竹林眠。

《示侄佐》

——[自闻茅屋趣],[只]想竹林眠。

4.请看石上藤萝月,已映洲前芦荻花。

《秋兴八首》

——请看石上藤萝月,已映洲前芦荻花。

以上各例的上下句由一个语法单句构成。有时上下句也可由一个语法复句构成,如:

1.竹叶于人既无分,菊花从此不须开。

《九日五首》

——因果复句。

2.纵被微云掩,终能永夜清。

《天河》

——让步复句。

3.但使闾阎还揖让,敢论松竹久荒芜。

《将赴成都草堂途中有作先寄严郑公五首》

——假设复句。

4.扁舟不独如张翰,皂帽应兼似管宁。

《严中丞枉驾见过》

——递进复句。

5.即从巴峡穿巫峡,便下襄阳向洛阳。

《闻官军收河南河北》

——顺承复句。

律诗在语言形式方面有较多的限制,尤其是对仗更要求整饬工稳。但艺术的基本规律是寓变化于整齐,因此,杰出的诗人往往能妙思独运,于规矩绳墨中极尽腾挪变化之能事,力求既"从心所欲"而又"不逾矩",充分体现出"心灵的妙运"。杜甫律诗中的流水句的运用就是这种艺术辩证法的体现。它既合乎律诗的语言规范,保持了声律平仄的严整,又能于规矩中去求得变化的自由,显示出一种流动活泼的美感。

(七)省缩句

省缩句,是指一个格律句由两个分句紧缩而成,但其中又存在某些语法成分的省略,即既"省"又"缩"。如:

1.落日心犹壮,秋风病欲苏。

《江汉》

上句:(对)落日/(而)心犹壮;

下句:(沐)秋风/(而)病欲苏。

2.勋业频看镜,行藏独倚楼。

《江上》

上句:勋业（尚赊）/（故）频看镜（以自惕）；

下句:行藏（未定）/（故）独倚楼（而深思）。

3.香雾云鬟湿,清辉玉臂寒。

《月夜》

上句:香雾（空蒙）/云鬟湿；

下句:清辉（澄澈）/玉臂寒。

4.丛菊两开他日泪,孤舟一系故园心。

《秋兴八首》

上句:丛菊两开/他日泪（尚流）；

下句:孤舟一系/故园心（逾切）。

杜甫似乎对这种省缩句有所偏爱,在他的律诗中出现频率很高,尤其喜欢用在仗联中,如"江阁嫌津柳,风帆数驿亭"（《喜观即到》）,"白发烦多酒,明星惜此筵"（《春夜峡州因侍御长史津亭留宴》）,"秋风楚竹冷,夜雪巩梅春"（《送孟十二仓曹赴东京选》）都是此类句法。这种省缩句言简意赅,语势顿宕,充满张力；同时由于句中的省略,从而形成一些语义的空白,这也在一定程度上造成诗句的歧义和诗境的朦胧。如著名的语言学家高友工、梅祖麟先生在《唐诗的魅力》一书中就曾对"落日心犹壮,秋风病欲苏"作出"相似与相反"的两种解说:

"虽然我的心已如落日,但它仍然强壮"；"我的心不像落日,它仍然强壮"。

"虽然我的病已如秋风,但它会很快痊愈的"；"我的病不像秋

风,它会很快痊愈的"。⁽¹⁰⁾

这种有意为之的歧解能使诗的意境得到拓展和深化。"诗含两层意,不求其佳而自佳"。⁽¹¹⁾这种审美效应与诗中省缩句的运用显然是分不开的。

"造句之法,亦贵峻洁不凡也"。⁽¹²⁾所谓"峻",即劲峭有力,富有气势;所谓"洁",即凝练简洁,辞约义丰;所谓"不凡",即生新脱俗,别开生面。以这种尺度来评价杜甫律诗的"造句之法"及其审美特征,应该是当之无愧的,诗人也多次流露过自己的创作情怀:"不薄今人爱古人,清词丽句必为邻"⁽¹³⁾,"为人性僻耽佳句,语不惊人死不休"。正是由于这种既熔铸古今、转益多师而又戛戛独造、自创新格的审美追求与创作态度,才使得杜甫的诗歌艺术成就达到如此卓绝的境界,成为我国古典诗歌,尤其是律诗创作不朽的丰碑,为我们今天的诗歌创作与鉴赏留下了极其宝贵的艺术财富。

【注释】

(1)朱庭珍.筱园诗话.北京:中国社会科学出版社,2024:476.

(2)仇兆鳌.杜诗详注.北京:中华书局,1979:632.

(3)朱庭珍.筱园诗话.北京:中国社会科学出版社,2024:391.

(4)吴瞻泰.杜诗提要.合肥:黄山书社,2015:647.

(5)吴瞻泰.杜诗提要.合肥:黄山书社,2015:367.

(6)侯孝琼.少陵律法通论.郑州:中州古籍出版社,1996:193.

(7)仇兆鳌.杜诗详注.北京:中华书局,1979:274.

(8)陈善.扪虱新话.济南:山东人民出版社,2018:179.

(9)浦起龙.读杜心解.北京:中华书局,1961:323.

（10）高友工,梅祖麟.唐诗的魅力.上海:上海古籍出版社,1990:127.

（11）袁枚.随园诗话.北京:昆仑出版社,2001:747.

（12）王大鹏,张宝坤,田树生.中国历代诗话选.长沙:岳麓书社,1985:233.

（13）萧涤非.杜甫全集校注.北京:人民文学出版社,2013:2501.

第二节　疑问句运用

杜甫是我国伟大的诗人。他的诗歌"气象笼盖宇宙,法律细入毫芒"[1],被誉为"千古以来,一人而已",[2]在他的创作中最能体现其艺术成就的是律诗。他一生共创作了近千首律诗,占其全部诗作的三分之二。这些精美的诗篇,无论是思想内容还是审美技巧,都为后世的诗歌创作留下了不朽的典范。张谦宜《纲斋诗谈》赞叹云:"少陵律诗,细润不碍老苍,纵横适合雅则";管世铭《读雪山房唐诗钞》则赞:"其气盛,其言昌。格法、句法、字法、章法,无美不具,无奇不臻,横绝古今"。这种艺术高度的取得与诗人不倦的探索创新是分不开的。朱自清先生曾说过:"诗之变自杜始。"这里所说的"变",很大程度上指的是诗歌语言形式方面的开拓与创新。"晚节渐于诗律细"[3],"语不惊人死不休",正是诗人这种艰苦探索的真实写照,其中凝聚着诗人毕生的心血,值得我们认真地研究与总结。

杜甫在语式方面的开拓求变是多方面的。乔亿《剑溪说诗》:"七律至于杜子美,古今变态尽矣。"其中既有体式章法方面的,也有句式字法方面的。本节想对杜甫律诗中疑问句的运用作些讨论,以求尝脔而知鼎,窥斑以见豹。

句子按语气可分为陈述、疑问、祈使、感叹等类型。由于受格律的限制,律诗中疑问句的作用不像在散文中那样随意自如,但如果运用得巧妙得当,便能有效地增强诗歌语言的审美弹性,拓展诗歌意象的审美蕴含。这一点在杜甫的律诗中得到了生动的体现。在他的作品中,疑问句的运用已成为一种审美手段,有其独特的语式特征与审美功能。但由于某些原因,对这一问题,历代的杜诗研究者们关注甚少。为了从多种角度与侧面来研究杜甫律诗的审美价值,有必要对此进行深入的探析。

(一)句法结构

"句"在近体诗中有两种不同的含义:一是格律句,即按格律限定的节奏形成的句,或为五言,或为七言。二是意义句,即按语义表达的节奏形成的句,亦称之为"语法句"。这两种"句"在诗中有时重合,即一个格律句正好是一个意义句,如"黄河远上白云间"。但有时并不重合:或是一个格律句包含两个意义句,如"天若有情/天亦老",或是两个格律句才构成一个意义句,如"谁将碎雨零烟恨,说与风流小庚知。"由于这个原因,杜甫律诗中的疑问句也表现出几种不同的结构形式。

一句一问

即一个格律名构成一个疑问句。如:

1. 眼复几时暗? 耳从前月聋。

《耳聋》

2. 杖锡何来此? 秋风已飒然。

《宿赞公房》

3. 十月清霜重,飘零何处归?

《萤火》

4.玉垒题书心绪乱,何时更得曲江游?

《寄杜位》

一联一问

即一联的上、下两个格律句构成一个疑问句。如:

1.谁能共公子,薄暮欲俱还?

《奉陪郑驸马韦曲二首》

2.浩荡风烟外,谁知酒熟香?

《寄邛州崔录事》

3.何为西庄王给事,柴门空闭锁松筠?

《崔氏东山草堂》

4.安得仙人九节杖,挂到玉女洗头盆?

《望岳》

以上一联中两句语义紧密相承,如行云流水,一气呵成,共同构成一个疑问句。从句法结构来看,则是两个格律构成一个语法单句。

一联两问

一联的上下句连续设问,构成两个并列的疑问句。如:

1.历历竟谁种,悠悠何处圆?

《江边星月》

2.江云何夜尽?蜀雨几时干?

《重简王明府》

3.旧来好事今能否?老去新诗谁与传?

《因许八寄江宁旻上人》

4.九江日落醒何处？一柱观头眠几回？

《所思》

一问一答

一联中上句设问，下句作答。如：

1.飘飘何所似？天地一沙鸥。

《旅夜书怀》

2.客里何迁次？江边正寂寥。

《王十五司马弟出郭相访兼遗营茅屋赀》

3.丞相祠堂何处寻？锦官城外柏森森。

《蜀相》

(二)语气变化

在杜甫律诗中，疑问句常用来表达种种不同的语气。

询问语气

询问即有疑而问，如是非问、特指问、选择问等。如：

1.不知西阁意，肯别定留人？

《不离西阁二首》

2.离别人谁在？经过老自休。

《怀灞上游》

3.一声何处送书雁？百丈谁家上水船？

《十二月一日三首》

4.永夜角声悲自语，中天月色好谁看？

反诘语气

反诘即无疑而问,或明知故问,以疑问的形式来加强肯定的语气。如:

1.但恐天河落,宁辞酒盏空。

《酬孟云卿》

2.对月那无酒？登楼况有江。

《季秋苏五弟缨江楼夜宴崔十三评事韦少府侄三首》

3.世情只益睡,盗贼敢忘忧？

《村雨》

4.岂有文章惊海内,漫劳车马驻江干。

《宾至》

感叹语气

即借用疑问句式来表达内心的感慨。如:

1.狼狈风尘里,群臣安在哉？

《巴山》

此诗广德元年(763年)十一月写于阆中,当时吐蕃入侵,皇上蒙尘,官吏奔散,国事艰危。诗人对此深有感慨。仇兆鳌云:"此章在巴山而慨朝事也。"[4]无穷的慨叹寓于疑问句中,显得格外凝重深远。

2.身老时危思会面,一生襟抱向谁开？

《奉侍严大夫》

诗人一生历尽忧患,晚年流落蜀中,幸得友人严武知遇,侘傺之心略得舒展。诗句"一生襟抱向谁开"极为深沉地表达出诗人对友人关怀的由衷感激与对身世浮沉的无比感喟。

(三)语式特征

由于诗歌句法、节奏等方面的因素,一些在散文中常用的句式,如"不亦……乎""奈(如、若)……何""何以……为"等在近体诗中一般不会出现。一些在散文中常见的表疑问的语气词,如"乎""欤""邪"等也很少出现。在语言形式方面,杜甫律诗也表现出自身的一些特征。下面从句首、句中、句末几部分举例分析。

句首

多用"何当""何时""安得""焉得"等领起,连缀上下两句,构成流水句式,如:

1. 何当击凡鸟,毛血洒平芜?

《画鹰》

2. 何时倚虚幌,双照泪痕干?

《月夜》

3. 安得仙人九节杖,拄到玉女洗头盆?

《望岳》

4. 焉得思如陶谢手,令渠述作与同游?

《江上值水如海势聊短述》

句中

多用"底""那""若个"等设问。如:

1. 花飞有底急?老去愿春迟。

《可惜》

2. 久待无消息，终朝有底忙？

《寄邛州崔录事》

3. 安想那听此？故作傍人飞。

《子规》

4. 对月那无酒？登楼况有江。

《季秋苏五弟缨江楼宴崔十三评事韦少府侄三首》

5. 长安若个畔？犹想映貂金。

《哭李常侍峄》

句末

多用"否""哉""未"等语气词表疑问。如：

1. 渭水秦山得见否？人今罢病虎纵横。

《愁》

2. 旧来好事今能否？老去新诗谁与传？

《因许八寄江宁旻上人》

3. 客意长东北，齐州安在哉？

《送舍弟颖赴齐州三首》

4. 狼狈风尘里，群臣安在哉？

《巴山》

5. 西京安稳未？不见一人来。

《早花》

（四）审美功能

苏珊·朗格说过："当一个诗人创造一首诗的时候，他创造出的诗句并不单纯是为了告诉人们一件什么事情,而是想用某种特殊的方式去谈论这件事情。"[5]杜甫律诗中疑问句的灵活运用正是人借以表达自己内心审美感觉的"特殊的方式"。它的审美功能体现于以下几个方面。

先声夺人,振起全篇

律诗讲究起承转合,"起"要起得警策有力。为达到这种审美效应,有时诗人便有意以设问开头,以振起全篇。如:

1.丞相祠堂何处寻? 锦官城外柏森森。

映阶碧草自春色,隔叶黄鹂空好音。

三顾频烦天下计,两朝开济老臣心。

出师未捷身先死,长使英雄泪满襟。

《蜀相》

这首诗被邵长衡誉为"牢壮浑劲,此为七律正锋"。诗人起笔不凡,以设问开篇,先声引奇人,一引一发,其追慕结想之意,人世沧桑二感,尽蕴含于这一问一答之中,也很自然地为后面拓展了抒情空间。

2.凉风起天末,君子意如何?

鸿雁几时到? 江湖秋水多。

文章憎命达,魑魅喜人过。

应共冤魂语,投诗赠汨罗。

《天末怀李白》

这首诗是诗人客居秦州时所作,当时李白因李璘事败而以"附逆"罪流放夜郎,途中遇赦后回到湖南。时值秋风乍起,万物萧疏之际,诗人极目楚天,怀念友人,诗一开篇即遥相问讯:"君子意如何?""鸿雁几时到?"这朴实的话语,方浅意深,寄慨悠远,"千里关情,真堪声泪交下"[6],给全诗蒙上了一层苍茫惆怅的抒情色调。

语气灵活,对仗巧妙

"艺术的基本原则是寓变化于整齐。"[7]这种变化体现于近体诗中,既有情感、风格方面的,同时也有语式、语气方面的。一首律诗的四联八句如果都用同一种语式或语气来表达,则难免会产生单调平板的感觉。高明的诗人往往善于在严格的限制中发挥灵活性,力求"单纯与丰富的统一,严整与灵活的统一"[8]。律诗中间两联的对仗,由于受声律的束缚,往往容易流于板滞,"易工而难化"[9]。为了避免这一弊病,杜甫往往通过上下句语式语气的变化来求得气韵的流转灵动,如:

1. 几时杯重把?昨夜月同行。

《奉济驿重送严公四韵》

2. 兵戈犹在眼,儒术岂谋身?

《独酌成诗》

3. 我已无家寻弟妹,君今何处访庭闱?

《送韩十四江东觐省》

4. 沧海未全归禹贡,蓟门何处尽尧封?

《诸将五首》

在上举的数例中,都是以肯定句与疑问句相对,信疑错综,纡徐流转。这样既显示出语气的抑扬变化,同时又给对仗平板的节奏注入轻的旋律,"在尺幅之中运之以磅礴飞动的气势"[10]。可以看出,疑问句的运用在这里已成为一种审美方式,充分体现了诗人"中律而不为律所缚"[11]的艺术匠心。

意在言外,言近旨远

律诗字句有限,要表达丰富的情感内容,要创设深远的审美意境,除了精心锤炼字句之外,还必须尽力拓展诗句的审美空间,意寄言外,虚处传神。为了达到这种效果,诗人常常在诗中以疑问句作结。问而不答,启人遐思。如:

1.老去悲秋强自宽,兴来今日尽君欢。

羞将短发还吹帽,笑倩旁人为正冠。

蓝水远从千涧落,玉山高并两峰寒。

明年此会知谁健? 醉把茱萸仔细看。

《九日蓝田崔氏庄》

这是杜诗中的名篇,被浦起龙评为"字字亮、笔笔高"。诗的尾联上句以设问唱叹而起,表现出诗人内心深处难言的惆怅;下句则似答非答,寄意言外。通过手把茱萸醉眼细看这一外在动作来显示诗人极为复杂的情感活动:茱萸虽好,但明年此日又有谁会佩戴它来重聚呢? 诗人对上句所问并没有正面回答,但无限的话语尽蕴其中,在读者心中留下无尽的回味。

2.寺忆新游处,桥怜再渡时。

江山如有待,花柳更无私。

野润烟光薄,沙暄日色迟。

客愁全为减,舍此复何之?

《后游》

这首诗为记游之作。全诗融描写、议论、抒情于一体，语言清新自然，情感沉郁蕴藉。尾联以疑问句作结，意在言外，满腹心思尽在不言之中。"表面看来好像是赞美这儿风景绝佳，其实，这正是诗人心事有愁难解，强作豁达之语……满腔悲愤无由排解，只好终日徜徉于山水之间，所以'减愁'两字是以喜写悲，益增其哀。"[12]这种"挹之而源不穷，咀之而味愈长"（魏泰《临汉隐居诗话》）的审美效应与诗中疑问句的运用显然是分不开的。

这种以问作结的方式在杜甫律诗中十分常见，如："飘飘何所似？天地一沙鸥"（《旅夜书怀》），"不辞万里长为客，怀抱何时得好开？"（《秋尽》），"十月清霜重，飘零何处归？"（《萤火》），"丈人文力犹强健，岂傍青门学种瓜？"（《曲江陪郑八丈南史饮》），等等，都是寄意言外，虚处传神的佳句，令人涵泳再三、回味无穷。

从以上分析我们可以看出，杜甫律诗中疑问句既有其特定的语言形式，又有其独具的审美功能。这两者实际上是分不开的。因为在诗歌中，语言的一切因素都能产生其特定的表达作用。如果受到的限制越多，它表达的内容就越丰富。这正体现了艺术的辩证法。从这个意义上来说，杜甫诗中疑问句的巧妙运用，正从一个侧面充分显示了诗人在艺术创造进时"心灵的妙运"，这值得我们认真地探索、深入地研究。

【注释】

（1）胡应麟.诗薮.北京：中华书局，1958：409.

（2）仇兆鳌.杜诗详注.北京：中华书局，1979：873.

(3)萧涤非.杜甫全集校注.北京:人民文学出版社,2013:4397.

(4)仇兆鳌.杜诗详注.北京:中华书局,1979:542.

(5)苏珊·朗格.艺术问题.南京:南京出版社,2006:160.

(6)仇兆鳌.杜诗详注.北京:中华书局,1979:804.

(7)朱光潜.谈文学.海口:南海出版公司,2022:82.

(8)孙绍振.美的结构.北京:人民文学出版社,1988:268.

(9)刘熙载.艺概.上海:上海古籍出版社,1983:31.

(10)萧涤非,程千帆,马茂元.唐诗鉴赏辞典.上海:上海辞书出版社,1983:518,548.

(11)刘熙载.艺概.上海:上海古籍出版社,1983:84.

(12)萧涤非,程千帆,马茂元.唐诗鉴赏辞典.上海:上海辞书出版社,1983:518,548.

第三节　紧缩句运用

在中国古代诗歌从自由创造走向规范定型的发展过程中,杜甫起着极为重要的作用。他以其辉煌的创作实绩为近体诗,尤其是律诗的成熟与成型作出了杰出的贡献。"少陵崛起,集汉魏六朝之大成而融为今体,实千古律诗之极则"。[1]可以说,杜甫的律诗代表了他的诗歌创作的最高水平。他之所以能取得如此卓越的成就,关键在于他既能"转益多师",博采众长;又能开阖变化,自创新格。著名的诗词评论家叶嘉莹先生曾有过这样的评论:"只有到杜甫于八世纪六十年代作了广泛的探索试验之后,七言律诗才臻于成熟",这是深中肯綮的。从他的律诗作品中,我们可以看到诗人的"探索试验"是多层面的:其中既有思想内容上的拓展,又有体势风格上的变化,还有章法语式上的创新。这些都值得我们去认真研究与总结。本节对杜甫律诗中紧缩句的运用进行了初步探析,试从一个侧面较为深入地探讨杜甫诗歌的语式特征及其审美效应。

近体诗句式或为五言或为七言,容量是十分有限的。诗人如果要表达较为复杂的情感内容便须对诗歌语料进行一番剪裁加工,使它能纳入格律的规范之中。有时要将两个甚至是三个常规句进行压缩整合,以形成一个格律句。从语法分析的角度来看,这种格律句实际上是一个紧缩的复句形式,即紧缩句。杜甫在他的律诗中创造性地运用了这一变异格式,写出了许多为后人激赏不已的佳句,丰富了律诗创作的语言表达手段。下面试分类作例析。

(一)因果紧缩句

一分句表原因,另一分句表结果。如:

1. 水深/鱼极乐,林茂/鸟知归。

《秋野五首》

——(因)水深/(故)鱼极乐,(因)林茂/(故)鸟知归。

2. 惯看宾客/儿童喜,得食阶除/鸟雀驯。

《南邻》

——以上为由因而推果。

3. 星垂/平野阔,月涌/大江流。

《旅夜书怀》

——星垂/(因)平野阔,月涌/(因)大江流。

4. 山虚/风落石,楼静/月侵门。

《西阁夜》

——以上为由果而溯因。

(二)转折紧缩句

一分句表前提,另一分句表与此前提相反的结果。如:

1. 病减/诗仍拙,吟多/意有余。

《复愁十二首》

——(虽)病减/(而)诗仍拙,(虽)吟多/(而)意有余。

2. 无风/云出塞,不夜/月临关。

《秦州杂诗二十首》

3. 落日/心犹壮,秋风/病欲苏。

《江汉》

(三)并列紧缩句

分句之间意义相关,结构相似。如:

1. 花浓春寺静,竹细野池幽。

《上牛头寺》

——花浓/春寺静,竹细/野池幽。

2. 露下/天高/秋水清,空山/独夜/旅魂惊。

《夜》

3. 风急/天高/猿啸哀,渚清/沙白/鸟飞回。

《登高》

(四)假设紧缩句

一个分句提出假设的条件,另一分句则说明这一条件可能产生的结果。如:

1. 挽弓/当挽强,用箭/当用长。

《前出塞九首》

——(若)挽弓/(则)当挽强,(若)用箭/(则)当用长。

2. 细推物理/须行乐,何用浮名绊此身?

《曲江二首》

3. 短墙若在/从残草,乔木如存/可假花。

《舍弟观赴蓝田取妻子到江陵喜寄三首》

(五)目的紧缩句

一个分句提出方式手段,另一分句则指出所在达到的目的。如:

1. 岸花飞/送客,樯燕语/留人。

《发潭州》

——岸花飞/(为)送客,樯燕语/(为)留人。

2. 不寝/听金钥,因风/想玉珂。

《春宿左省》

3. 客病留/因药,春深买/为花。

《小园》

(六)承接紧缩句

分句间按时间顺序、事理逻辑先后相承,不能颠倒。如:

1. 日斜/鱼更食,客散/鸟还来。

《课小竖锄斫舍北果林枝蔓荒秽净讫移床三首》

——日斜/鱼更食,客散/鸟还来。

2. 即从巴峡/穿巫峡,便下襄阳/向洛阳。

《闻官军收河南河北》

3. 元戎小队出郊坰,问柳寻花/到野亭。

《严中丞枉驾见过》

(七)选择紧缩句

各分句表述的意义不能并存,只能择其一种予以肯定或否定。如:

1.不知西阁意,肯别/定留人?

《不离西阁二首》

——肯别/(抑或)定留人?仇兆鳌《杜诗评注》中引赵汸评云:"言西阁之意,肯令我别乎,抑亦定留人也。"

2.闻汝依山寺,杭州/定越州。

《第五弟丰独在江左近三四载寂无消息觅使寄此二首》

从以上的例析中我们可以看出,运用紧缩句能够精炼地表达出各种复杂的语义。在杜甫律诗的对仗联中,这类紧缩句的运用显得更为常见。如:"星垂/平野阔,月涌/大江流"(《旅夜书怀》),"风起/春灯乱,江鸣/夜雨悬"(《船下夔州郭宿雨湿不得上岸别王十二判官》),"峡坼云霾龙虎睡,江清日抱鼋鼍游"(《白帝城最高楼》),等等。值得注意是,有时构成对仗联的上下句虽然表层的语式结构很相似,但其深层却是由两个不同逻辑关系的复句紧缩而成。如:

3.国破山河在,城春草木深。

《春望》

上句为转折复句:(虽)国破/(但)山河在;下句为因果复句:(因)城春/(故)草木深。

4.不为困穷宁有此,只缘恐惧转须亲。

《又呈吴郎》

上句为假设复句:(若)不为困穷/宁有此;下句为因果复句:只缘恐惧/(故)转须亲。

5. 不贪夜识金银气,远害朝看麋鹿游。

《题张氏隐居二首》

上句为因果复句:(因)不贪/(故)夜识金银气;下句为目的复句:(为)远害/朝看麋鹿游。

有时一联的上下句虽属同一类复句关系,但深层语义关系也不一样,如:

6. 水净楼阴直,山昏塞日斜。

《遣怀》

两句同为因果紧缩句,但上句"水净/(故)楼阴直"是同因而推果,下句"山昏/(因)塞日斜"则是由果而溯因。

这种形对而实不对,字对而义不对的紧缩句对仗联,也从一个侧面体现出杜甫"为人性僻耽佳句,语不惊人死不休"的艺术追求。

"一种格律诗形式,只有当它的形式要素对诗的总体艺术效果产生重大作用时,它才能被认为在艺术上是有价值的。在其最富活力的状态下,诗的形式在创作过程的形式中起着不可或缺的作用。因而,在一首成功的诗作中,形式是诗人构思中不可缺少的一部分,它与诗人意境的实现不可分离。"[2]律诗的形式要素对其思想内容的表达有着重要作用的,它可以作为一种表达手段来"理解甚至实现生活的微妙隐秘的意义"[3]。杜甫律诗中紧缩句的运用有时固然是由于受格律字句的局限,但更为常见的情况是出于诗人表情达意的需要。"我国诗式,以五七言为限,字数难于增减,后之作者乃以此等技巧,翻新出奇。"[4]杜甫律诗中紧缩句的运用正是这种"翻新出奇"的表达手段,所产生的审美效应具体体现于以下几个方面。

(一)缘情体物,自然工巧

"诗语固忌用巧太过,然缘情体物,自有天然工妙,虽巧而不见其刻削之痕。"[5]在律诗中恰到好处地运用紧缩句式能细腻真切且准确传神地表现出事物外在的情貌以及内在的相互联系。如:

细雨鱼儿出,微风燕子斜。

《水槛遣心二首》

这是由两个紧缩句构成的对仗联,句中有省略,如补足,则似可补为:

细雨(霏霏)/鱼儿出,微风(习习)/燕子斜。

上下句各自蕴含着因果关系:因细雨故鱼儿出;因微风故燕子斜。诗人观察事物细致入微,描写刻画又十分自然工巧。宋代诗评家叶梦得曾分析这一联的妙处:"此十字殆无一字虚设,细雨着水面为沤,鱼常上浮而淰,雨大则伏不出。燕轻体弱,风猛则不能胜。惟微风乃受以为势,故又有'轻燕受风斜'之语"。[6]诗句缘情细密而不琐屑,体物工巧而不刻削,这种审美效应显然得益于诗中紧缩句的运用。

(二) 以简驭繁,辞约义丰

与常规语式相比,紧缩句的语言密度要大得多,如运用得当,往往能在极为有限的字句中蕴含尽可能丰富的语义内容,达到以简驭繁、以少胜多的艺术效果。这一点在杜甫的律诗中体现得很充分。下面以《登高》中的两联(首联与颈联)为例试作分析:

(首联)风急天高猿啸哀,渚清沙白鸟飞回。

(颈联)万里悲秋常作客,百年多病独登台。

首联的上下句都各由三个分句紧缩而成:风急/天高/猿啸哀;渚清/沙白/鸟飞回。诗句语义绵密,意象纷呈,几乎一字一景,令人目不暇接。无怪乎有人感叹云:"凡人作诗,一句说得一件物事,多说得两件。杜甫诗一句能说得三件、四件、五件事物……此其所以为妙。"⁽⁷⁾颈联上下句也各由三个分句紧缩而成:(漂泊)万里/悲秋/常作客,(困顿)百年/多病/独登台。同样是情思沉郁,寄意绵邈,一唱三叹,感慨万千。宋人罗大经曾评析这一联云:"盖万里,地之远也;秋,时之惨凄也;作客,羁旅也;常作客,久旅也;百年,暮齿也;多病,衰疾也;台高,迥处也;独登台,无亲朋也。十四字间含八意,而对偶又精确"。⁽⁸⁾如此高密度、大容量的表达效果与诗中紧缩句的巧妙运用显然是有密切联系的。诗人的匠心独运使紧缩句这一变异语式成为他进行艺术创造的一种"有意味的形式"。

（三）激发想象，虚处传神

"诗是一种多度的语言……在理解度之外，还有感官度、感情度和想象度"。[9]联想与想象是诗歌艺术的生命，杜甫律诗中的紧缩句运用大多具有引发联想与想象的功能。这种紧缩句由于结构之"紧"与成分之"缩"，很自然地留下了某些语义的空白。这种语义的空白有利于激发读者的联想与想象，从而能使他们与诗人一起完成诗歌审美意境的创造。如《江汉》中的一联：

落日心犹壮，秋风病欲苏。

这是两个转折关系的紧缩句。两句都由于前分句中谓语成分的省略而留下了语义空白，因而也带来诗句几种不同释读的可能性。高友工、梅祖麟就认为这两句都包含着"相似与相反两种情况：'虽然我的心已如落日，但它仍然强壮'；'我的心不像落日，它仍然强壮'。第二句也可以作同样的解释：'虽然我的病已如秋风，它会很快痊愈的。'；'我的病不像秋风，但它会很快痊愈的。'"[10]这种语言的多义性正是由"紧缩"这种语式变异形成的。清代绘画理论家笪重光曾说过："虚实相生，无画处皆成妙境。"[11]画如此，诗亦然。诗句中因成分省略而形成的语义空白为读者参与审美创造留下了供想象力尽情驰骋的艺术空间。

杜甫律诗中紧缩句分句之间大多没有关联词语，是"意会而相连的"。这种意会的诗句在一定程度上也会形成诗句的多义性。如：

感时花溅泪，恨别鸟惊心。

《春望》

这一联的上下句都由因果复句紧缩而成。由于字数的严格限制,句中没有使用关联词语,其内在的语义关系全靠读者去意会。这样就可能形成诗句的歧义。有人理解这两句的意思为"花鸟本为娱人之物,但因感时恨别,却使诗人见了反而堕泪伤心"。[12]也有人认为这两句是"以花鸟拟人,感时伤别,花也溅泪,鸟亦惊心",从语义侧重来看,按前一种说法,"溅泪""惊心"的是诗人自己;而按后一种说法则是"花鸟"。从抒情方式来看,前一说法是触景生情,后一说法则是移情于景。这种由紧缩而引起的歧义在一定程度上会带来诗境的朦胧飘忽,诗句的审美蕴含也更加丰富。

(四)语势劲健,富有弹性

紧缩句是诗人对诗歌语料进行精心剪裁整合而形成的一种"诗家语"。这种语言形式密度高,张力大,紧而不促,缩而不散,富有近体诗语言那种特有的节奏与韵律,读起来抑扬起伏,张弛有致。如"花浓春寺静,竹细野池幽"(《上牛头寺》),"欲填沟壑唯疏放,自笑狂夫老更狂"(《狂夫》),"短墙若在从残草,乔木如存可假花"(《舍弟观赴蓝田取妻子到江陵喜寄三首》),等等,结构紧凑,语势劲健,节奏明快,富有弹性,别具一种独特的美感。

清代诗论家管世铭曾对杜甫发出由衷的赞叹:"律诗至杜工部而曲尽其变。盖昔人多以自在流行出之,作者独加以沉郁顿挫。其气盛,其言昌。格法、句法、字法、章法,无美不备,无奇不臻"。律诗中紧缩句的运用正充分体现了诗人在句法方面"曲尽其变"的心灵妙运。这种变化不仅包含着诗人融汇古今,自辟蹊径的艰苦探索,也显示了诗人"锻炼尽致,无美无包"的艺术才能。这种可贵的创新精神与高超的审美技巧为后世的诗歌鉴赏与创作留下了极为宝贵的艺术财富。

【注释】

(1)钱良择.唐音审体.北京:中华书局,1983:198.

(2)高友工.律诗的美学//倪豪士.美国学者论唐代文学.黄宝华,等译.上海:上海古籍出版社,1994:24.

(3)高友工.律诗的美学//倪豪士.美国学者论唐代文学.黄宝华,等译.上海:上海古籍出版社,1994:24.

(4)胡小石.杜甫《北征》小笺//郭维森.学苑奇峰:文史学家胡小石.南京:南京大学出版社,2000:230.

(5)叶梦得.石林诗话.北京:人民文学出版社,1981:224.

(6)叶梦得.石林诗话.北京:人民文学出版社,1981:225.

(7)吴沆.环溪诗话.北京:中华书局,1985:4.

(8)罗大经.鹤林玉露.北京:中华书局,1983:271.

(9)劳·坡林.怎样欣赏英美诗歌.北京:北京出版社,1985:9.

(10)高友工,梅祖麟.唐诗的魅力.上海:上海古籍出版社,1990:46.

(11)笪重光.画筌.成都:四川人民出版社,1982:74.

(12)萧涤非,程千帆,马茂元.唐诗鉴赏辞典.上海:上海辞书出版社,1983:453.

第四节　省略句运用

　　清人吴瞻泰提出:"子美作诗之本,不可学也;子美作诗之法,可学也"[1]。杜甫一生,"为人性僻耽佳句,语不惊人死不休",在汲取前人创作经验的基础上,他努力开拓创新,为近体诗尤其是律诗的语言形式的形成与发展作出了不朽的贡献。

　　我国传统的近体诗格律谨严,在字句、声律等方面都有一定的限制,要想在这极为有限的语言空间"从心所欲不逾矩"(《论语·为政》)地模山范水,遣志抒怀,除了要对字词作精心的选择、锤炼之外,还必须注意对诗歌语言形式作必要的突破。如运用紧缩、互文、倒装、省略、转品等方式对常规语式进行调节整合,以构成近体诗某些特殊的语式,亦即王安石所说的"诗家语"。在上述这些方式中,"省略"是运用比较广泛的。与散文相比,近体诗的省略有其自身的特点与表达功能,这些特点与功能在杜甫近体诗中表现得非常突出,是其"纵横变幻,尽越陈规"的一种重要表达方式,由于杜诗中这些省略句在不同程度上都已偏离常规语式,阅读时如不注意则有可能影响我们对诗歌语义的准确把握,因此有必要加以探讨,以帮助我们更好地"披文以入情"(《文心雕龙·知音》),领略诗歌的思想内容与审美情韵,达到鉴赏的目的。下面从几个方面对杜甫律诗中的几种常见省略现象进行讨论。

　　杜甫律诗中常见的省略形式主要有以下几种:(一)谓语动词

省略;(二)介词省略;(三)专名省略;(四)介词"为"的宾语省略;
(五)分句谓语省略。下面分别作例析。

(一)谓语动词省略

省行为动词

1.巫山犹锦树,南国且黄鹂。

《复愁十二首》

——巫山犹[存]锦树,南国且[听]黄鹂。

2.蚁浮仍腊味,鸥泛已春声。

《正月三日归溪上有作简院内诸公》

——蚁浮仍[飘]腊味,鸥泛已[啭]春声。

3.卷帘唯白水,隐几亦青山。

《闷》

——卷帘唯[见]白水,隐几亦[对]青山。

省比况动词

1.流水生涯尽,浮云世事空。

《哭长孙侍御》

——生涯[如]流水尽,世事[若]浮云空。

2.林花著雨燕脂湿,水荇牵风翠带长。

《曲江对雨》

——林花著雨[似]燕脂湿,水荇牵风[如]翠带长。

3.乱后故人双别泪,春深逐客一浮萍。

《题郑十八著作虔》

——春深逐客[似]一浮萍。

省判断动词

1.今日江南老,他时渭北童。

《社日二篇》

——今日江南老[是]他时渭北童。

2.舍南舍北皆春水,但见群鸥日日来。

《客至》

——舍南舍北皆[是]春水。

3.摇落深知宋玉悲,风流儒雅亦吾师。

《咏怀古迹五首》

——风流儒雅亦[是]吾师。

省存现动词

1.看花虽郭内,倚杖即溪边。

《倚杖》

——看花虽[在]郭内,倚杖即[在]溪边。

2.盘飧市远无兼味,樽酒家贫只旧醅。

《客至》

——樽酒家贫只[有]旧醅。

3.江山故宅空文藻,云雨荒台岂梦思。

《咏怀古迹五首》

——江山故宅空[存]文藻,云雨荒台岂[有]梦思。

(二)介词省略

1.养拙干戈际,全生麋鹿群。

《暮春题瀼西新赁草屋五首》

——养拙[于]干戈际,全生[于]麋鹿群。

2.不寝听金钥,因风想玉珂。

《春宿左省》

——不寝[为]听金钥。

3.不贪夜识金银气,远害朝看麋鹿游。

《题张氏隐居二首》

——[因]不贪夜识金银气,[为]远害朝看麋鹿游。

(三)专名省略

1.杜酒偏劳劝,张梨不外求。

《题张氏隐居二首》

——"杜"即"杜康"之省称;"张"即"张公大谷"之省称。

2.多病马卿无日起,穷途阮籍几时醒。

《即事》

——"马卿"即"司马长卿"的省称。

(四)介词"为"的宾语省略

"为"后面省略的宾语一般是第一人称"我"。

1.为问彭州牧,何时救急难。

《因崔五侍御寄高彭州》

——为[我]问彭州牧。

2.今日南湖采薇蕨,何人为觅郑瓜州。

《解闷十二首》

——何人为[我]觅郑瓜州。

3. 浣花溪水水西头,主人为卜林塘幽。

《卜居》

——主人为[我]卜林塘幽。

另外,杜诗中还常常可以看到"为报……"这一固定结构。"为报"即"为[我]报"的省略,意思是"为我告诉……"。例如:

1. 荆州过薛孟,为报欲论诗。

《别崔潩因寄薛据孟云卿》

——意即:为我告诉薛、孟,我想与他们论诗。

2. 若逢岑与范,为报各衰年。

《泛江送魏十八仓曹还京,因寄岑中允参范郎中季明》

——意即:为[我]告诉岑与范……

3. 凤凰池上应回首,为报笼随王右军。

《得房公池鹅》

——意即:为[我]告诉房公……

(五)分句谓语省略

律诗的"句"与"语法"句往往并不一致,它既可以由一个单句构成,如"好雨知时节"(《春夜喜雨》),也可以由两个以上的分句构成,如"风急天高猿啸哀"(《登高》)。由于语式的限制,这些构成诗句的分句往往省略谓语。如:

1. 香雾云鬟湿,清辉玉臂寒。

《月夜》

——香雾[空蒙],云鬟湿,清辉[如水],玉臂寒。

2.迟日江山丽,春风花草香。

《绝句二首》

——迟日[晴明],江山丽;春风[和暖],花草香。

3.丛菊两开他日泪,孤舟一系故园心。

《秋兴八首》

——丛菊两开,他日泪[尚流];孤舟一系,故园心[弥切]。

近体诗的省略与散文的省略有许多共同之处,兹不赘述。这里主要就杜甫律诗中的省略现象来探讨一下两者之间的区别。

散文中谓语动词的省略一般都具有一定的条件或前提,或是承上文而省,如"一鼓作气,再[鼓]而衰,三[鼓]而竭"(《左传·庄公十年》);或是探下文而省,如"躬自厚[责],而薄责于人"(《论语·卫灵公》)。这类省略大都出现在特定的语言环境中,阅读时借助上下文中相关词语的提示一般都能把省略的谓语动词准确地补出来。如前例中的"鼓"与"责"等。杜甫律诗中的谓语省略与前后文并无承接关系,阅读时只能依据整个诗句"以意逆志",悉心揣摩诗句省略部分的语义。至于省略的具体动词究竟是什么则难以断定,也没有必要断定。如"故园犹[ ]兵马,他乡亦[ ]鼓鼙"(《出郭》)一联中,上句的[ ]中可补上"遭""见""有""陷"等,下句的[ ]中可补上"听""起""闻""动"等,似乎都无不可,并不受前后文中相关语词的制约,有一定的自由度。

散文中的省略以省主语、宾语最为常见,这种情况在近体诗中却并不多。究其原因,大概是因为散文中存在着大量的叙述性语言,句与句之间的衔接、呼应比较紧密,语义连贯,逻辑性强,所以在一定语境中省略主语、宾语并不会影响意思的完整与语气的流畅,而且还能避免过多的重复,使句式更为紧凑简洁。如"晋太元中,武陵人捕鱼为业,[　]缘溪行,[　]忘路之远近,[　]忽逢桃花林"(陶渊明《桃花源记》);"欲与大叔,臣请事之;若弗与[　],则请[　]除之"(《左传·隐公元年》)。而近体诗语言以抒情与描写为主,又受到格律的限制,所以句与句之间的承接关系不如散文那么紧密,即使是一联的上下句,语义也大多相对独立。如"无边落木萧萧下,不尽长江滚滚来"(《登高》),"老妻画纸为棋局,稚子敲针作钓钩"(《江村》),等等。因此近体诗中省略主语、宾语的现象不像散文那么常见。

　　近体诗中的省略往往出现在对仗句中,这也是与散文中省略的明显区别。如杜甫律诗中的"兴来犹[　]杖屦,目断更[　]云沙"(《祠南夕望》),"[　]落日心犹壮,[　]秋风病欲苏"(《江汉》),"映阶碧草自[　]春色,隔叶黄鹂空[　]好音"(《蜀相》),等等,这是由于律诗对仗的上下句可以相互映照,彼此发明,便于读者揣摩领会,正如叶圣陶先生所说的"因有对仗之法,乃令作者各逞其能,创为多种特殊句型。句型虽特殊,而作者克达己意,读者能会其旨。"(2)他这里所说的虽是针对近体诗语序倒装问题,用来论析杜甫律诗中的省略也同样是十分中肯的。这也从一个角度体现了诗歌语式对内容表达的反作用。

杜甫律诗中之所以有如此类型多样的省略形式,究其原因主要有两个方面:

一方面,是由于律诗诗句受字数的严格限制(或五言或七言),要完整地表情达意有时就不得不剪词裁句,以合规矩。正如清代诗论家冒春荣在《葚原说诗》中所指出的"唐人多以句法就声律,不以声律就句法,故语意多曲,耐人寻味"。杜甫精于锻炼句法,在创作过程中他善于寓变化于规矩,求灵动于绳墨,"炼字下句往往超诣"(俞元《校正草堂诗笺跋》),所以其律诗中的省略现象就比较突出。

另一方面,杜律中的各类省略句法也是表情达意的需要,适当的省略能形成语式的紧缩,使诗句更为凝练简洁,富有弹性。如"春水船如天上坐,老年花似雾中看"(《小寒食舟中作》)一联,如果用散文句来表述,其意思大致是:春水漫漫,坐船如在天上;时至老年,看花似在雾中。经过用省略的方式调节剪裁成为一联七言诗后,显得比散文句式更为凝练蕴藉,语势流转顿宕,具有近体诗语言独具的那种节奏美与韵律美。

杜甫律诗中的省略句的灵活运用还有助于拓展诗歌语言的表达空间,清人汤贻汾论画时说过:"人但知有画处是画,不知无画处皆画,画之空处全局所关,即虚实相生法。"[3]诗与画的艺术原理是相通的,诗之无字处也同样"皆诗",也同样是"全局所关"之处,由于语言形式的限制,诗人在创作时不可能像散文一样把要表达的内容通过字面完整、具体、周密地体现出来,而只能充分借助汉语尤其是近体语言的"意合"特征,精心选取一些比较重要的语言片段来作为诗句的"意义支点",同时省略一些语言片段,使意象呈跳跃性,这样就自然形成了一些语义上的空白,读者在阅读近体诗作品时必须借助自己的经验与想象,根据诗句提供的"意义支点"去细心捕捉诗句隐含的外围语义成分,将空白之处(即省略之处)的语义补充完整,使诗义得以贯通,诗境得以完整。这样的鉴赏过程,实际上是诗人与读者共同创造的过程。如"落日心犹壮,秋风病欲苏"(《江汉》)一联,上下句都省略了分句谓语,意象有所跳跃,形成了语义的空白,这就为读者的解读留下了想象的空间。

"文艺作品的信息状态与读者的审美心理结构的功能状态存在着一种微妙的对应关系,这就是审美主客体的内存联系的必然性。"[4]这种"微妙的对应关系"是充满弹性的,正是依靠这种内在联系,读者一方面能与诗人在情感上产生一种共鸣,同时,又能通过自己的经验联想及想象,积极参与诗歌审美意境的创造,从而拓展诗句的表达空间,丰富诗句的审美情韵。杜甫律诗中的省略句法的巧妙运用充分显示出这一独特的表达功能。

【注释】

(1)吴瞻泰.杜诗提要.合肥:黄山书社,2015:2.

(2)王力.王力诗论.南宁:广西人民出版社,1988:67.

(3)汤贻汾.画筌析览.杭州:浙江古籍出版社,1989:147.

(4)林兴宅.艺术魅力的探寻.成都:四川人民出版社,1985:47.

第五节　流水对运用

　　杜甫的律诗代表着他诗歌创作的最高成就,而其中对仗的运用犹如乐曲中的华彩乐章,最能体现出诗人"心灵的妙运"。郭绍虞《沧浪诗话校释》中曾引用陶明浚的话评论道:"少陵为诗中之圣,而七律尤为秀出班行者,不尽如古人专讲死对也。"(1)杜诗中的对仗既工丽典雅,又生动活泼,尤其是诗中流水对的运用,更极尽参伍错综之能事,充分显示出诗人驾驭近体诗格律与语言的高超技巧。本节拟就杜甫律诗中流水对的语言形式及其审美功能作探讨。

　　流水对是一种比较特殊的对仗形式,仅从字面上看,流水对上下两句的词性与句法结构与正对、反对一样,也是两两相对的。如:"忽闻哀痛诏,又下圣明朝"(《收京三首》)一联中,"忽闻"与"又下"是偏正式动词短语相对,"哀痛诏"与"圣明朝"是偏正式名词短语相对,如从整体来看,上下句都是动宾结构,完全符合对仗的要求。但如果从深层语义来考察,就会发现流水对与常规对仗并不一样,其上下句是一个紧密相连,不可分割也不可颠倒的整体。有的是把一个语法单句分成两个格律句以构成对仗,如上举"忽闻哀痛诏,又下圣明朝",虽然字面上对得极为工整,但从语法角度分析,这两句合起来只能构成一个单句:[忽]闻哀痛诏又下圣明朝。语义是不可分割的。有的流水对上下句构成某种复句关系,彼此呼应,相互依存。如"朝廷衮职虽多预,天下军储不自供"(《诸将五首》)一联,上下句字面相对,但语义却是连贯的,二句共同构成一个转折关系的复句。下面对杜甫诗中流水对的语式变化试作例析。

(一) 单句的流水对

主谓式

1. 今日江南老,他时渭北童。

《社日二篇》

句法结构:<u>今日江南老</u>,<u>他日渭北童</u>。

上句为主语,下句为谓语,构成一个判断句。

2. 谁怜一片影,相失万重云。

《孤雁》

句法结构:<u>谁怜一片影,相失万重云</u>。

上句的后半句与下句共同构成宾语。

述宾式

1. 遥怜小儿女,未解忆长安。

《月夜》

句法结构:[遥]<u>怜小儿女,未解忆长安</u>。

2. 犹闻蜀父老,不忘舜讴歌。

《怀锦水居止二首》

句法结构:[犹]<u>闻蜀父老,不忘舜讴歌</u>。

3. 可惜欢娱地,都非少壮时。

《可惜》

句法结构：<u>可惜</u>欢娱地，都非少壮时。

状中式

1. 自从收帝里，谁复总戎机。

《遣愤》

句法结构：［自从收帝里］，谁［复］<u>总戎机</u>。

2. 百顷风潭上，千章夏木清。

《陪郑广文游何将军山林十首》

句法结构：［百顷风<u>潭</u>上］，（千章）<u>夏木清</u>。

连动式

何日沾微禄，归山买薄田。

《重过何氏五首》

句法结构：［何日］<u>沾微禄</u>，<u>归山买薄田</u>。

兼语式

莫令鞭血地，再湿汉臣衣。

《遣愤》

句法结构：［莫］<u>令鞭血地</u>，［再］<u>湿汉臣衣</u>。

有时句中的宾语部分比较复杂，往往是由上句的后半与下句共同构成一个连动短语、兼语短语或主谓短语来充当宾语。如：

1. 岂谓尽烦回纥马，翻然远救朔方兵。

《诸将五首》

句中宾语由一个兼语短语构成：［尽］<u>烦回纥马</u>，［翻然］<u>远救朔方兵</u>。

2.忆昨赐沾门下省,退朝擎出大明宫。

《野人送朱樱》

句中宾语由一个连动短语构成:[昨]赐沾<门下省>,退朝擎出大明宫。

3.悲君随燕雀,薄宦走风尘。

《赠别何邕》

句中宾语由一个主谓短语构成:悲君随燕雀,[薄宦]走风尘。

(二)复句构成的流水对

构成流水对的上下句分别是复句的一个分句。两个分句间蕴含着种种不同的语法关系。

因果复句

上下两句一句表明原因,另一句表结果。如:

1.烽火连三月,家书抵万金。

《春望》

——(因)烽火连三月,/(故)家书抵万金。

2.忧我营茅栋,携钱过野桥。

《王十五司马弟出郭相访兼遗营茅屋赀》

——(因)忧我营茅栋,/(故)携钱过野桥。意思是:你因为担心我营建草堂资金不够,所以带着钱过野桥来看我。

3.竹叶于人既无分,菊花从此不须开。

《九日五首》

——竹叶于人既无分,/(则)菊花从此不须开。

转折复句

构成流水对的两句之间蕴含着转折关系。如：

1. 相逢虽衮衮，告别莫匆匆。

《酬孟云卿》

——相逢虽衮衮，/（然）告别莫匆匆。

2. 沙村白雪仍含冻，江县红梅已放春。

《留别公安太易沙门》

——沙村白雪（虽）仍含冻，（但）江县红梅已放春。

3. 即防远客虽多事，便插疏篱却甚真。

《又呈吴郎》

递进复句

对仗联的上下句之间蕴含着递进关系。如：

1. 转添愁伴客，更觉老随人。

《奉酬李都督表丈早春作》

2. 扁舟不独如张翰，皂帽应兼似管宁。

《严中丞枉驾见过》

3. 每愁夜中自足蝎，况乃秋后转多蝇。

《早秋苦热堆案相仍》

假设复句

对仗联上下句一句表前提，另一句表此前提可能导致的结果。如：

1. 若无青嶂月，愁杀白头人。

《月三首》

——若无青嶂月,/(则)愁杀白头人。

2. 但使闾阎还揖让,敢论松竹久荒芜。

《将赴成都草堂途中有作先寄严郑公五首》

——但使闾阎还揖让,/(则)敢论松竹久荒芜。意思是:假若严公还能礼待我,召我回成都,我又怎敢说草堂的松竹久已荒芜了呢?

顺承复句

对仗联的上下句在时间或事理上紧密相承。如:

1. 夜醉长沙酒,晓行湘水春。

《发潭州》

两句在时间上相承。

2. 始为江山静,终防市井喧。

《园》

两句在事理上相承。

3. 即从巴峡穿巫峡,便下襄阳向洛阳。

《闻官军收河南河北》

让步复句

对仗联上下句之间蕴含着让步关系。如:

纵被微云掩,终能永夜清。

《天河》

——纵被微云掩,/(亦)终能永夜清。意思是:即使被微云遮掩,也终究能使永夜清明。

从以上的例析中可以看出,杜甫律诗中的流水对语式非常灵活,腾挪变化,转宕自如,充分显示出诗人运用语言的杰出才能。

王力先生曾说过:"关于对偶,我们不要单看见古人求同的方面(字数相等是同,词性相等也是同),同时还要看见古人求异的方面,后者比前者更加重要。"[2]杜甫律诗中流水对的运用正体现了诗人这种同中求异的艺术追求,它对增强近体诗语言的审美功能起着十分积极的作用,具体体现于以下几个方面。

(一)整中寓变,工而能化

"偶句之妙在于凝重。"[3]律诗中的对仗犹如车之两轮齐驱,鸟之双翼并举,能形成一种整饬而又凝重的美感,因此一直受到诗人的喜爱,许多脍炙人口的佳句都是以对仗的形式构成。但是,如果仅仅强调形式的均齐之美,而一味地"规规然于媲青比白",那么就有可能以辞害义,妨害诗歌情感内容的灵活表达。针对这一点,吴可《藏海诗话》甚至提出"凡诗切对求工,必气弱,宁对不工,不可使气弱"的主张。杜甫律诗中的流水对能巧妙地在对仗工整的前提下追求语义深层的参差变化,整齐而不重复,工稳而不板滞,如"请看石上藤萝月,已映洲前芦荻花"(《秋兴八首》)一联,字面上"请看"对"已映","石上藤萝月"对"洲前芦荻花",十分工整典雅。但分析其深层语义关系则可以看出,这一联实际上是由一个单句构成,句中"石上藤萝月已映洲前芦荻花"作为一个主谓短语充当"请看"的宾语。这种对句形如两山之并峙,神似一水之飞流,整中寓变,工而能化,凝练自然,气韵生动,的确达到了"整齐于规矩之中,神明于格律之外"⁽⁴⁾的审美境界。

(二)丰富了诗歌的语式变化

在对偶句中近体诗格律体现得最为严谨,所受到的限制也最多,但其审美趣味也最浓。因为"语言的一切因素(包括形式方面的因素)在诗中都能产生意义。"⁽⁵⁾杜甫律诗中的流水对"以单行之神运排偶之体"⁽⁶⁾,寓变化于整齐之中,语言形式蕴含着独特的审美意味。如"烽火连三月,家书抵万金"(《春望》),"逐客虽皆万里去,悲君已是十年流"(《寄杜位》),"自闻茅屋趣,只想竹林眠"(《示侄佐》),"岂有文章惊海内,漫劳车马驻江干"(《有客》),等等,都是以工丽整饬之形运流转灵动之神的佳句。与正对反对相比,流水对的语式显得更为活泼,变化多样。"作诗有对,须要互旋,方不死于句下也。"(徐增《而庵诗话》)通过流水对的巧妙运用,杜甫创造了许多奇妙生动而又富有弹性美感的"诗家语",令后代诗人赞叹不绝,并奉为楷模。

(三)拓展了诗歌的表达空间

对仗中的正对反对都是由并列复句构成的,因而意义表达上受到一定的限制,只能从或正或反两个方面去写景状物,叙事抒情。但事物之间的逻辑联系是极为丰富而又复杂的,仅仅通过正对反对来表达显然是不够的,而流水对的表达空间相对大得多,大凡因果、转折、递进、让步、选择、顺承等各种复杂的逻辑关系都能准确得体地表达出来,而且还有助于显示诗人内心种种细腻微妙的心理状态。如"但使闾阎还揖让,敢论松竹久荒芜"一联,字面对仗工稳,其深层却是一个蕴含条件关系的复句,意思是:假如严公您能礼待我,让我从阆中回成都,我又怎敢说草堂的松竹久已荒芜了呢? 这一流水句真切而又委婉地表达出诗人内心对友人严武衷心的感激以及重归草堂的满怀喜悦之情。他如"若无青嶂月,愁杀白头人"(《月三首》),"竹叶于人既无分,菊花从此不须开"(《九日五首》),"即防远客虽多事,便插疏篱却甚真"(《又呈吴郎》),等等,都是以对仗的形式表达出种种细腻丰富的情感活动。可以说,流水对的巧妙运用是杜甫拓展律诗语言表达空间,增强诗歌语言审美效应的有效手段。胡震亨曾赞赏《春望》中"国破山河在,城春草木深"一联:"对偶未尝不精,而纵横变化,尽越陈规,浓淡浅深,动夺天巧"。用这话来评价杜甫律诗中的流水对也是十分恰当的。

宋代诗人吕本中于《夏均父集序》说过:"学诗当识活法。所谓活法,规矩备具,而能出于规矩之外,变化不测,而亦不背于规矩也"。杜甫正是一位既能深识"活法",又能妙用"活法"的艺术大师。他一方面"遣词必中律",以自己的创作实绩为律诗格律的成熟与发展作出杰出的贡献;另一方面他又能"中律不为律所缚"[7],力求在格律中图创新,于规范内求变化,匠心独运,创造出许多形韵兼美、神理俱足的流水妙对,在凝练而又整齐的语式中表达出灵活而又丰富的语义内容,有效地拓展了诗歌的表达空间,丰富了诗歌的审美蕴含,为后世的律诗创作留下了极为宝贵的艺术经验。

【注释】

(1)郭绍虞.沧浪诗话校释.北京:人民文学出版社,1983:134.

(2)王力.王力论学新著.南宁:广西人民出版社,1988:33.

(3)金兆梓.实用国文修辞学.北京:商务印书馆,1944:43.

(4)吴瞻泰.杜诗提要.合肥:黄山书社,2015:2.

(5)夏晓虹.杜甫律诗语序研究.文学遗产,1987(2):60-65.

(6)黄遵宪.人境庐诗草自序.北京:人民教育出版社,2007:347.

(7)刘熙载.艺概.上海:上海古籍出版社,1983:78.

第六节 复句运用

对仗,是近体诗的主要格律特征之一。根据诗律的要求,对仗的上下句在词性、句法结构等方面应大致相同。这样一来,构成对仗的上下句语义关系往往并列,如"迟日江山丽,春风花草香"(杜甫《绝句二首》),"沉舟侧畔千帆过,病树前头万木春"(刘禹锡《酬乐天扬州席上初逢见赠》)。这些形、义都平行并列的对仗句能充分体现出一种整饬匀称之美。但如果千篇一律,缺乏变化,则又会流于单调平板。高明的诗人在近体诗创作中往往有意识地于整饬中图变化,于凝重中求流动,在表层语言形式相对的前提之下,巧妙地运用各种不同句式来构成对仗。这样就能使对仗句既不失规矩又活泼流畅。唐代诗人杜甫就是这方面的杰出代表。这位被后代诗评家誉为"诗中之圣"的诗人,他的律诗代表了我国古代近体诗创作的最高成就,法度谨严而又纵横变幻,"其对句往往参伍错综,以见气力,屈盘幽深,才力奇特,不尽如古人专讲死对也。"[1]他擅长运用多种复句形式构成对仗,这种对句大大增强了诗歌旋律的流动感,使诗句既规范整饬,又摇曳多姿,具有一种独特的审美效应。

杜诗中构成对仗的复句有多种类型,其中并列复句因为与本节所论的题旨无关,故不论及,以下采例分析的都是其他的复句形式。

（一）构成对仗的上下句之间蕴含着因果关系

1. 烽火连三月，家书抵万金。

《春望》

因为战火数月不断，所以一封家信价值万金。

2. 竹叶于人既无分，菊花从此不须开。

《九日五首》

竹叶（酒名）于人既然无分，那么菊花从此也就不用开了。

3. 戍鼓犹长击，林莺遂不歌。

《暮寒》

因为战鼓一直没有停歇，所以林莺也不再歌唱。

（二）构成对仗的上下句之间蕴含着转折关系

1. 天下兵虽满，春光日自浓。

《伤春五首》

天下虽然战云密布，但春光仍然日渐浓丽。

2. 世人皆欲杀，吾意独怜才。

《不见》

世人都恨不能让你死去，而我却偏偏爱惜你的才华。

3. 逐客虽皆万里去，悲君已是十年流。

《寄杜位》

逐客虽然都被放逐万里之遥，但可悲是你已被流放了十年之久。

(三)构成对仗的上下句之间蕴含着假设关系

1. 若无青嶂月,愁杀白头人。

《月三首》

假如没有青峰间的明月相伴,可就要愁杀我这个白头人了。

2. 非尔更苦节,何人符大名。

《送窦九归成都》

假如不是你苦苦砥砺节操,又怎能成就你的大名。

3. 不有平川决,焉知众壑趋。

《大历三年春白帝城放船出瞿唐峡久居夔府
将适江陵漂泊有诗凡四十韵》

假如不是出峡来到平川,又怎能知道众壑之所趋呢?

(四)构成对仗的上下句之间蕴含着递进关系

1. 已近苦寒月,况经长别心。

《捣衣》

已经迫近苦寒的季节,更何况经受着长期别离思念的煎熬。

2. 江山如有待,花柳更无私。

《后游》

江山似乎在期待着我的再游,花柳更是无私地向我呈现着它们的美丽多情。

3. 索居犹寂寞,相遇益悲辛。

《寄张十二山人彪三十韵》

索居犹自令人感到寂寞,而短暂的相遇更让人觉得悲苦辛酸。

(五)构成对仗的上下句之间蕴含着顺承关系

1. 一夫先舞剑,百戏后歌樵。

《陪柏中丞观宴将士二首》

2. 即从巴峡穿巫峡,便下襄阳向洛阳。

《闻官军收河南河北》

3. 始为江山静,终防市井喧。

《园》

(六)构成对仗的上下句之间蕴含着让步关系

1. 纵被微云掩,终能永夜清。

《天河》

(天河)纵使暂被微云所遮掩,它也终究会散发出永夜的清辉。

2. 即防远客虽多事,使插疏篱却甚真。

《又呈吴郎》

即使是(老妇人)心怀戒惧而多心,而你插上篱笆也未免太较真了。

(七)构成对仗的上下句之间蕴含着条件关系

1. 但使芝兰秀,何烦栋宇邻。

《赠王二十四侍御契四十韵》

只要能与王侍御经旬款曲,终日追随,又何须比屋为邻呢!

《家语》:"与善人居,如入芝兰之室。"⁽²⁾

2.但使闾阎还揖让,敢论松竹久荒芜。

《将赴成都草堂途中有作先寄严郑公五首》

只要你(严公)以礼相邀,那么我怎会计较松竹之荒芜而不回归草堂呢!

(八)构成对仗的上下句之间蕴含着选择关系

1.莫思身外无穷事,且尽生前有限杯。

《绝句漫兴九首》

不必思虑身外无穷的琐事,还是痛饮生前有限的美酒,享受生活的快乐吧!

2.非关使者征求急,自识将军礼数宽。

《严公仲夏枉驾草堂兼携酒得寒字》

不是因为使者征求急切,而是由于将军礼数周到。

(九)构成对仗的上下句各自都由一个多重复句构成

1.国破山河在,城春草木深。

《春望》

上句为转折复句:国(虽)破/(但)山河在;

下句为因果复句:城(因)春/(故)草木春。

2.不贪夜识金银气,远害朝看麋鹿游。

《题张氏隐居二首》

上句为因果复句:(因)不贪/(故)夜识金银气;

下句为目的复句:(为)远害/朝看麋鹿游。

以上两例从其语法关系考察,对仗联的上下句实际是由一个多重复句构成的。如例2:

不贪//夜识金银气/,远害//朝看麋鹿游。

　　　因果　　　　　并列　目的

从以上例析中可以看出,杜诗对仗中的复句形式多样,运用灵活,这在很大程度上丰富了近体诗的语言形式。同时,由于诗歌是语言的艺术,因此诗中一切语言因素也都具有表义的功能。从这个角度来看,复句在杜诗中的运用具有其独特的审美效应。

(一)化板滞为灵动

近体诗中的对仗犹如双峰之并峙,两翼之并举,虽有一种整饬对称的美感,但如果没有变化,则容易流于呆板、雕琢,而且还有可能产生诗家所忌的“合掌”(即上下句语义重复)之弊。杜诗中多种复句形式的运用,一方面在语言形式上保持了整饬对称之美,另一方面在语义表达上又具有一种活泼流畅之美。如“沙村白雪仍含冻,江县红梅已放春”(《离别公安太易河门》)一联中,“沙村白雪”与“江县红梅”是偏正短语相对,“仍”与“已”是副词相对,“含冻”与“放春”是动宾短语相对。表层的语言形式对得十分工稳熨帖,但如果从深层的语义关系来考察,这上下句实际上是由一个转折复句构成的,意谓:沙村的白雪虽然仍含冻不化,但江县的红梅已经绽放出春天的花朵。诗句如行云流水一般,顺势而下,给平板的节奏带来一种轻快的旋律,充分体现了近体诗语言独特的韵律之美。

(二)增强了诗歌语言的审美弹性

以复句形式构成对仗不仅能使诗句具有一种流动的韵律,而且在节奏上也会产生相应的变化,形成一种抑扬起伏,纡徐顿挫的张弛感。如"竹叶于人既无分,菊花从此不须开"(《九日五首》),"扁舟不独如张翰。皂帽应兼似管宁"(《严中丞枉驾见过》),"若无青嶂月,愁杀白头人"(《月三首》),"本无丹灶术,那免白头翁"(《陪章留后侍御宴南楼》),"纵被微云掩,终能永夜清"(《天河》),等等,节奏时促时舒,意象或疏或密,充分体现出近体诗语言那种张弛顿宕的美感。

由于近体诗语句限制较严,要在极为有限的语言空间中表达出尽可能丰富的语义信息,必须力求辞约而义丰。而由多重复句构成的对仗联言简意繁,能有效地增强诗歌语言的密度与张力,如:"不为困穷宁有此,只缘恐惧转须亲"(《又呈吴郎》)这一联其句法结构可作如下分析:

不为困穷//宁有此/,只缘恐惧//转须亲。

意即:假如不是因为困贫,她怎么会有扑枣这个举动呢?只因为她心怀恐惧,所以应转而对她表示亲近。短短的两句诗中由于巧妙地运用多重复句,显得句式灵活劲健,语意绵密婉转,情感深挚含蓄。"情语能以转折为含蓄者,唯杜陵居胜"[3]。这种审美效应显然与句中复句的巧妙运用分不开。

(三)丰富诗歌的审美意蕴

与散文相比,近体诗中的复句的语言形式显得简略得多。除一般的文字简约之外,其分句间也大多没有关联词语以绾接呼应,往往是"以意会而相连的"。如(因)"烽火连三月/(故)家书抵万金"(《春望》),"(若)不有平川决/(则)焉知众壑趋"(《大历三年春白帝城放船出瞿唐峡久居夔府将适江陵漂泊有诗凡四十韵》),"(虽)世人皆欲杀/(而)吾意独怜才"(《不见》),等等。这种意合的诗句在一定程度上能形成语言的多义性与诗境的朦胧性,从而丰富了诗句的审美意蕴。如"感时花溅泪,恨别鸟惊心"(《春望》)一联是由两个复句紧缩而成的。这两句既可理解为"因感时,故见花而溅泪;因恨别,故闻鸟而惊心";也可理解为"因感时,即使是花也为之溅泪;因恨别,纵然是鸟也为之惊心"。前者为触景生情,后者为移情于物。这种因复句运用而形成的不确定性能有效地激活读者经验与联想,唤醒他们心中的审美体验,引导他们积极参与诗歌意境的营构。这就有效地拓展了诗歌的审美空间,使读者在阅读过程中产生丰富新奇的审美感受,从而获得难言的审美愉悦。

【注释】

(1)郭绍虞.沧浪诗话校释.北京:人民文学出版社,1961:121.

(2)仇兆鳌.杜诗详注.北京:中华书局,1979:1128.

(3)王夫之.姜斋诗话//张葆全,周满江.历代诗话选注.西安:陕西人民出版社,1984:261.

第三章　谋篇——"篇终接浑茫"

第一节　律诗开篇艺术

　　近体诗体制短小,声律谨严,要求在极为有限的语言形式中表达尽可能丰富的语义内容,力求言简而义丰,因此也就特别注重字句的凝练与结构的谨严。在传统诗论中,近体诗结构一般应讲究起、承、转、合的章法布局,其中又以"起"最为关键。常言道:好的开头是成功的一半,历代诗论家也都十分重视诗歌尤其是近体诗的开篇。宋代严羽曾说过:"发句好尤难得"。清代王士祯也说过:"律诗贵工于发端"。在如何"发端"的具体方式上各家观点不尽相同。如杨载认为"(起处)要突兀高远,如狂风卷浪,势欲滔天"(《诗法家数》);范梈却认为"大抵起处要平直"(《诗法正论》);黄叔灿则主张应当"领得有神"(《唐诗笺注》)。所持之论,各有所据,难以轩轾,这也恰好说明近体诗的开篇是深受诗家所关注的。

　　杜甫是近体诗创作的集大成者,尤其是他的律诗,代表了我国近体诗创作的最高成就,不仅数量之多,而且"命意创格,与诸家不同"(许学夷《诗源辩体》),在结构上,更是"起结转承,曲折变化,穷极笔势,迥不由人"(方东树《昭昧詹言》)。考察杜甫律诗的创作实践,可以明显看出,诗人十分注重"起"的技巧,其开篇不仅形式变化多样,而且具有独特的表达功能。这也从一个侧面体现出诗人"语不惊人死不休"的审美追求。

王士禛在《师友诗传续录》中曾指出:"唐人起句,尤多警策。如王摩诘'风劲角弓鸣,将军猎渭城'之类,未易枚举,杜子美尤多。"本节拟对杜甫律诗中几种常见的开篇方式作探析。

(一)交代地时,铺垫蓄势

"起联见地见时,杜之恒矩"[1]。在首联先交代地点与时间,为下文进行铺垫,是杜甫律诗中一种较为常见的开篇方式。如:

1. 水阔苍梧野,天高白帝秋。

《暮秋将归秦留别湖南幕府亲友》

上句点明地点"苍梧野",下句点明时间"秋"。

2. 荒村建子月,独树老夫家。

《草堂即事》

上句点明时间"建子月",下句点明地点"老夫家"。

3. 冬至至后日初长,远在剑南思洛阳。

《至后》

上句点明时间"冬至后",下句点明地点"剑南"。

4. 金华山北涪水西,仲冬风日始凄凄。

《野望》

上句点明地点"山北""水西",下句点明时间"仲冬风日"。

在首联先交代时间与地点,是为下文写景叙事或抒情作好铺

垫。因为无论是景物的描写,还是事情的叙述,或是情感的抒发都离不开特定的时空环境,以《野望》为例:

> 金华山北涪水西,仲冬风日始凄凄。
>
> 山连越巂蟠三蜀,水散巴渝下五溪。
>
> 独鹤不知何事舞,饥乌似欲向人啼。
>
> 射洪春酒寒仍绿,目极伤神谁为携。

这首诗以《野望》为题,一开篇就交代野望之地"山北水西",与野望之时"仲冬风日"。以下两联紧承而来,颔联写远望之景:"山连越巂""水散巴渝";颈联写近望之景:"独鹤讶舞""饥乌欲啼";结尾处则抒发野望之情:"目极伤神",欲携酒以消愁。诗中野望之景与野望之情都是从首联所交代的特定时空中自然生发而来的。

(二)入手擒题,振起全篇

首联一开篇就紧紧抓住题旨,以劲健的笔势振起全篇。如:

> 1.昔闻洞庭水,今上岳阳楼。
>
> 吴楚东南坼,乾坤日夜浮。
>
> 亲朋无一字,老病有孤舟。
>
> 戎马关山北,凭轩涕泗流。

《登岳阳楼》

这首诗起笔不凡,首联两句既点明了题意,又通过"昔闻""今上"的对照寄托了诗人漂泊天涯,怀才不遇,年光空逝,壮气蒿莱的迟暮沧桑之感。颔联写登楼所见的雄伟景象。颈、尾联则表达了登岳阳楼所引发的身世之悲与家国之恨。诗人抚今思昔,枨触万端,凭轩北望,涕泗交流。整首诗的情感基调正是由开篇的一联所奠定的。又如:

　　2.凉风动万里,群盗尚纵横。

　　　　家远传书日,秋来为客情。

　　　　愁窥高鸟过,老逐众人行。

　　　　始欲投三峡,何由见两京。

《悲秋》

　　此诗以"悲秋"为题,开篇即从情景两端入手,紧扣题意,振起全篇。仇兆鳌《杜诗详注》评曰:"首句,悲秋之景,次句,悲秋之意"。金圣叹《杜诗解》中更进一步逐句作了分析:"一句秋,二句悲,三句秋,四句悲,五句秋,六句悲,七句秋,八句悲。"此诗开篇就"道破题意",烘染出一种浓郁的"悲秋"气氛以总摄全篇。

　　其他如《宿府》的开篇:"清秋幕府井梧寒,独宿江城蜡炬残",也是一句点明"府",一句点明"宿",然后中间两联一气贯注,逐层生发,结尾处"强移栖息一枝安"又归结到"宿府"题意。前后呼应,气韵流转。《春宿左省》也是开篇即以"花隐掖垣暮,啾啾栖鸟过"两句将题意完整地表达出来了:"掖垣"点明"左省","暮"暗应"宿"之意,"花隐"点明"春",而"啾啾栖鸟过"则以"鸟栖"映衬"人宿"。以下几联则铺写夜宿左省的所见所闻所思。金圣叹批曰:"此诗之妙,妙于将题劈头写尽,却出己意,得大宽转。"(《杜诗解》)

(三)突兀而起,先声夺人

"起联须突兀,须峭拔方得题势,入手平衍,则通身无力气矣"
(冒春荣《葚原说诗》)。这种开篇之法在杜甫律诗中是很常见
的。如:

1.群山万壑赴荆门,生长明妃尚有村。

一去紫台连朔漠,独留青冢向黄昏。

画图省识春风面,环佩空归月夜魂。

千载琵琶作胡语,分明怨恨曲中论。

《咏怀古迹五首》

诗的起句突兀不凡,气势雄伟,描绘了一幅"群山万壑"沿着湍
急的江流飞泻而来,直"赴"荆门山的雄奇壮伟的图景。诗人有意
凭借高山大河的雄伟景观来映衬明妃悲剧价值的不朽,正如吴瞻
泰所云:"谓山水逶迤,钟灵毓秀,始产一明妃,说得窈窕红颜,惊天
动地。"(《杜诗提要》)又如:

2.素练风霜起,苍鹰画作殊。

竦身思狡兔,侧目似愁胡。

绦镟光堪摘,轩楹势可呼。

何当击凡鸟,毛血洒平芜?

《画鹰》

诗的发端便用逆挽笔法振起:首句写雪白的画绢上突然间腾
起一片肃杀的风霜之气,让人读后怦然心动。次句才点明原来是
一只矫健不群的画鹰正仿佛携带着风霜展翅欲飞。诗人运用倒插

法,一起笔就有力地刻画出"画鹰"的生动气势,紧紧攫住读者的身心,从而产生一种先声夺人的表达效果。又如:

3. 花近高楼伤客心,万方多难此登临。

　　锦江春色来天地,玉垒浮云变古今。

　　北极朝廷终不改,西山寇盗莫相侵。

　　可怜后主还祠庙,日暮聊为梁甫吟。

《登楼》

诗人落笔先写"见花伤心"的反常情景,然后再点明之所以如此乃是"万方多难",国事艰虞的缘故。开篇两句逆而不顺,沉厚突兀,妙在突然而起,情理反常,令人错愕,因而显得倍加精彩有力。假如改为"万方多难此登临,花近高楼伤客心"便平淡无奇了。

(四)设疑置问,启人遐思

设疑置问,既是一种修辞方式,也是一种常见的诗文结构方式。明代文论家高琦在《文章一贯》中就曾把"设为问答以发端"作为"起端八法"的第一法。它往往并非有疑而问,而是有意通过设疑置问的方式以引人注目,启人深思,让读者通过对问题的思索去领悟诗中表达的意旨。杜甫非常擅长运用这种方式来表情达意,在他的律诗中以设问方式开篇的就有30多首,形成一个鲜明的特点。如:

1. 丞相祠堂何处寻? 锦官城外柏森森。

　　映阶碧草自春色,隔叶黄鹂空好音。

　　三顾频烦天下计,两朝开济老臣心。

出师未捷身先死,长使英雄泪满襟。

《蜀相》

此诗首联以问答开篇,上、下两句,一引一发,互为呼应,其"追慕结想之思",人世沧桑之感,尽蕴含于这一问一答之中,同时这也为后面的写景与抒怀拓展了表达空间。下面再举两例:

2.带甲满天下,胡为君远行?

《送远》

遍地干戈,烽烟四起,其势不可远行,然而"君"又不得不远行。这种万般无奈的惜别之情以设问的方式表达出来,更容易激起人们心灵的强烈共振。

3.凉风起天末,君子意如何?

《天末怀李白》

诗人客居秦州,秋风乍起,万物萧疏,怅望云天,不禁思念起正处于遇赦归途中的李白。同是天涯沦落人,诗人对朋友命运的关切远胜于对自己处境的伤感。"君子意如何"这一问句看似不经意,却满怀着对世事的感伤,对友人的关切,对前路的迷茫……百感萦心,难以言说,让人读后唏嘘不已。

"用疑问句能把处于宁静的客观世界中主观心灵的轻微的震颤表现得很细致,这样就使本来不是直接抒发的诗句带上更浓郁的抒情的超越性色彩。"[2]杜甫律诗创作中正是常常有意识地运用这种以设疑置问的方式开篇,来"表现主观心灵的轻微的震颤"。这种震颤是多方面的,或抒脊令在原之思:"风尘暗不开,汝去几时来"(《送舍弟颖赴齐州三首》);或诉知交零落之悲:"生死论交地,何由见一人"(《赠别何邕》);或寄忧国伤时之感:"西京安稳未?不见一人来"(《西京》);或寓惊喜交加之情:"山豁何时断? 江平不肯流"(《陪王使君晦日泛江》);或诉忧郁难眠之苦:"客睡何曾著,秋天不肯明"(《客夜》);等等。内心种种微妙而又细腻的情感变化都是通过开篇设疑的方式来表达的,这种方式既便于切入题旨,渲染气氛,又有助于引发读者联想,激起情感共鸣。

以上几种开篇方式大都侧重于开门见山,入手擒题;除此之外,杜甫律诗的开篇也有侧重于曲径通幽,婉转达意的。诗人有时为了表达的需要,先故意不从正面落笔,而是或托物起兴,或欲扬先抑,或背面敷粉。这样从远而近,由此及彼,含蓄而又巧妙地把读者引入诗人所创设的审美情境中去。

(五)欲扬先抑,委曲通津

开篇时先绕开题意,避实就虚,欲扬先抑。如:

舍南舍北皆春水,但见群鸥日日来。

花径不曾缘客扫,蓬门今始为君开。

盘飧市远无兼味,樽酒家贫只旧醅。

肯与邻翁相对饮,隔篱呼取尽余杯。

《客至》

诗的题目是"客至",但开篇却并没写客至,而是先写春水绕舍,群鸥为伴,渲染其环境的清幽僻静,同时也暗示出了闲居生活的寂寞单调。正如张谦宜《絸斋诗谈》所指出的:"一二言无人来也。"这样的开篇就为下文极力表现"客至"的喜悦之情作了鲜明的反衬,前抑后扬,相互比照,非常巧妙而又自然。

(六)以曲取势,俯仰生姿

"文似看山不喜平",在诗文创作中有时运用迂曲的笔致能更为细腻准确地表达出内心某些复杂微妙的情感波动。如杜甫律诗的名篇:

1. 剑外忽传收蓟北,初闻涕泪满衣裳。

　　却看妻子愁何在,漫卷诗书喜欲狂。

　　白日放歌须纵酒,青春作伴好还乡。

　　即从巴峡穿巫峡,便下襄阳向洛阳。

《闻官军收河南河北》

这首诗的主题是抒写诗人忽闻叛乱已平的捷报,急于还乡的欣喜之情。首句写"闻捷",次句本应顺势去写"喜欲狂"的心情,诗人并没有这样处理,而是以"涕泪满衣裳"承之,不写喜而写悲,真个是乐极生悲,悲喜交集。一方面,战乱连年,满目疮痍,回首往事,怎能不顿生悲感;但另一方面,毕竟是苦尽甘来,又能过上安宁的日子,不由得心中又转悲为喜。这种微妙、复杂的情感波澜用直笔是难以表述的,故诗人有意用曲笔以显起伏顿挫之致。施补华在评论这一联时说:"'剑外忽传收蓟北',今人动笔,便接'喜欲狂'矣。忽拗一笔云'初闻涕泪满衣裳',以曲取势,活动在'初闻'二字……再三读之思之,可悟俯仰用笔之妙。"(《岘佣说诗》)此分析可谓深中肯綮。又如:

2.今夜鄜州月,闺中只独看。

遥怜小儿女,未解忆长安。

香雾云鬟湿,清辉玉臂寒。

何时倚虚幌,双照泪痕干?

《月夜》

诗人当时身陷长安城里,无时无刻不在思念着远在鄜州的妻儿。"今夜"诗人所看到的分明是长安之"月",本应从长安望月思亲落笔,但他却有意运用曲笔,从对面写来,遥想闺中的妻子此刻也正在独看鄜州之月。字里行间流露出诗人此刻所忧心的并不是身陷城中,生死未卜的自己,而是处于惊恐与孤独之中的妻子。满腔柔情,感人肺腑。

(七) 托物比兴,寄慨遥深

以比兴手法开篇,寄情于物,借助读者的审美联想来拓展诗句的表达空间,这也是杜律中常用的开篇手法。如:

西掖梧桐树,空留一院阴。

艰难归故里,去住损春心。

宫殿青门隔,云山紫逦深。

人生五马贵,莫受二毛侵。

《送贾阁老出汝州》

这首诗是托物起兴开篇的,诗题中的贾阁老即贾至,时任职中书省,亦即"西掖"。梧桐为凤凰栖息之树,这里喻指贾至的品行高洁。"空留"暗示贾至已离开西掖出任汝州,而"一院阴"则使人联想到贾至任职西掖时的业绩与政声。诗中仰慕怀念之情溢于言表，而这些又都是用托物比兴的方式来表现的，言此意彼，寄慨遥深。

（八）侧面烘托，睹影知竿

杜甫也有些律诗的开篇是采取正侧互映，虚实相生的方法来含蓄委婉地表达题旨的。如：

1. 国破山河在，城春草木深。

感时花溅泪，恨别鸟惊心。

烽火连三月，家书抵万金。

白头搔更短，浑欲不胜簪。

《春望》

诗人写作此诗时正身陷长安，诗的开篇所表现的是长安城春天一片破败衰残的景象。但对此诗中并未作正面的描写，而是侧面烘托，睹影知竿，意在言外。起句点明"山河在"，则意在暗示出城阙市井已成废墟，一无所有；次句点明"草木深"，则意在暗示出人烟寂寥，满目荒凉，让人油然而生"黍离"之悲。司马光曾评点这一联云："'山河在'，明无余物矣；'草木深'，明无人矣"（《温公续诗话》），正深得此意。这种背面敷粉之法，实有睹影知竿之妙。其弦外之音，令人回味不尽。

如果从语言形式来考察，杜甫律诗的开篇还有一个显著的特点，即多以对仗句式发端。许印芳在《律髓辑要》中曾明确指出这一特点："起句排对，杜律多此。"如：

2. 五载客蜀郡,一年居梓州。

《去蜀》

3. 客心惊暮序,宾雁下襄州。

《九日登梓州城》

4. 收帆下急水,卷幔逐回滩。

《放船》

5. 细草微风岸,危樯独夜舟。

《旅夜书怀》

6. 岁暮阴阳催短景,天涯霜雪霁寒宵。

《阁夜》

7. 风急天高猿啸哀,渚清沙白鸟飞回。

《登高》

8. 背郭堂成荫白茅,缘江路熟俯青郊。

《堂成》

这种对仗开篇方式在杜律中俯拾皆是,尤其值得称道的是,为了避免以对句发端易流于板滞之病,杜律的开篇有时似对而非对,于整饬匀称中力求灵动变化。如:

9. 白也诗无敌,飘然思不群。

清新庾开府,俊逸鲍参军。

渭北春天树,江东日暮云。

何时一樽酒,重与细论文。

《春日忆李白》

首联用的是散文笔法,语势流走。但细加品味,上下句又构成工整的对仗:"白也"对"飘然",可谓妙绝;"诗无敌"对"思不群",也极为工稳。无怪乎有的论者感叹道:"'白也'二字,原为《檀弓》中语,杜公引入五律,以之发端,竟成绝调,试观古人五律,何人有此发端?"[3]又如:

10. 老去悲秋强自宽,兴来今日尽君欢。

　　羞将白发还吹帽,笑倩旁人为正冠。

　　蓝水远从千涧落,玉山高并两峰寒。

　　明年此会知谁健? 醉把茱萸仔细看。

《九日蓝田崔氏庄》

这首诗历来受到诗评家普遍的好评,吴农祥甚至将它推为"毕竟杜律第一"。首联的两句形似"双峰之并峙",而神则似"一水之飞流"。"老去"对"兴来","强自"对"尽君",都十分工切;但上下句的语意却衔接自然,一气流贯而下,语言形式与语义内容之间充满着一种弹性和张力,整中寓变,堪称以对仗工稳之形运散文流动之神的佳句。

以上对杜甫律诗开篇的几种主要形式及其表达功能作了初步的探析。这种探析是不够全面,也不够深入的;但管中窥豹,亦可略见一斑。从中我们可以领略到杜甫在他的创作实践中对律诗开篇艺术高度重视的态度与大胆探索的精神。正是这种态度与精神,使他的律诗创作达到了"无美不备,无奇不臻,横绝古今"(管世铭《读雪山房唐诗钞》)的艺术巅峰,以至被推崇为"千古律诗之极则",也为我们今天的诗歌创作与鉴赏留下了宝贵的艺术经验。

【注释】

(1) 黄生. 杜诗说. 徐定祥, 点校. 合肥: 黄山书社, 1994: 237.

(2) 孙绍振. 美的结构. 北京: 人民文学出版社, 1988: 209.

(3) 孙琴安. 唐五律诗精品. 上海: 上海社会科学出版社, 1996: 232.

第二节　对仗角度变化

　　对仗,是汉语言文化中一种十分"有意味的形式"。[1]这"意味"主要是指它渗透着汉民族在长期积淀的过程中所形成的"重对称,讲均齐"的审美心理。"造化赋形,支体必双。神理为用,事不孤立。夫心生文辞,运裁百虑,高下相须,自然成对。"[2]另外,充满弹性与张力的汉语言文字也为对仗的形成与巧妙运用提供了物质条件。郭绍虞先生曾说过:"中国语词因有伸缩分合之弹性,故能形成匀整的句调,而同时亦便于对偶。"[3]对仗最能体现汉语重意合,重神摄的人文性特征,可以说,它是近体诗尤其是律诗中的华彩乐章。

　　由于讲究对称,追求工稳,对仗句能体现出一种整饬凝重的均衡之美。古典诗歌中许多脍炙人口的佳句都是对仗形式的。如"明月松间照,清泉石上流"(王维《山居秋暝》),"无边落木萧萧下,不尽长江滚滚来"(杜甫《登高》),"沉舟侧畔千帆过,病树前头万木春"(刘禹锡《酬乐天扬州席上相逢见赠》),"春蚕到死丝方尽,蜡炬成灰泪始干"(李商隐《无题》),"山重水复疑无路,柳暗花明又一村"(陆游《游山西村》),等等。虽然律诗非常强调对偶,但是我们也必须看到,如果仅仅追求语言形式的整齐工稳而一味地"规规然于媲青比白"(葛立方《韵语阳秋》),那么就有可能会因对而害意,影响诗歌语义内容的表达。比如"孙康映雪寒窗下,车胤收萤败秩边”一联,从字面上看对得极为工整,但它却犯了诗家所忌讳的“合掌”之病(上下句语义重复),故被人讥之为“事非不核,对非不工,恶,是何言哉!”⁽⁴⁾高明的诗人往往能在限制中施展出创造才华,他们既不脱离规范,而又能灵活地驾驭规范,让规范本身成为其驰骋才情的审美手段。正如宋代诗人吕本中所言:“写诗当识活法,所谓活法,规矩备具,而能出于规矩之外,变化不测,而不亦不背于规矩也。”(《夏均父集序》)在这方面,唐代诗人杜甫无疑是佼佼者。他的律诗代表着我国古代近体诗创作的最高成就。杜诗中的对仗不仅工稳典丽,而且充满着种种的腾挪变化,充分体现了诗人“语不惊人死不休”的艺术追求。

王力先生曾说过:“关于对偶,我们不要单看见古人求同的方面(字数相等是同,词性相等也是同),同时还要看到古人求异的方面。后者比前者更加重要。”⁽⁵⁾通过对杜甫律诗全面考察,我们可以清楚地看到,其对仗句往往是同中有异,整中求变,“参伍错综以见气力”⁽⁶⁾。这种参伍错综的变化主要体现于以下方面。

(一)时空变化

对仗联的上下句一句表时间,另一句则表空间。时空两个维度相互映照,构成一个立体的审美境界。如:

1. 吴楚东南坼,乾坤日夜浮。

《登岳阳楼》

2. 锦江春色来天地,玉垒浮云变古今。

《登楼》

3.年年非故物,处处是穷途。

《地隅》

"东南""天地""处处",空间概念,"日夜""古今""年年",时间概念。而在杜诗时空对仗中运用最多的是以"万里"与"百年"相对。如:

4.长为万里客,有愧百年心。

《中夜》

5.乾坤万里眼,时序百年心。

《春日江村五首》

6.万里悲秋常作客,百年多病独登台。

《登高》

常与"万里"相对的还有"十年""几年""四时""一冬"等时间名词。如:

7.逐客虽皆万里去,悲君已是十年流。

《寄杜位》

8.几年逢熟食,万里逼清明。

《熟食日示宗文宗武》

9.楚天不断四时雨,巫峡常吹千里风。

《暮春》

10.梅花万里外,雪片一冬深。

《寄杨五桂州谭》

可见在对仗上下句中进行时空切换,以求拓展诗境,是杜甫律诗创作中很常见的表现手法。

(二)感觉变化

人有视觉、听觉、嗅觉、味觉、触觉等。这些都是人对外部世界的感觉方式。杜诗的对仗句中,往往在上下句有意表现出不同的感觉,以丰富诗句的语义蕴含。如:

1. 感时花溅泪,恨别鸟惊心。

《春望》

"花溅泪",视觉形象;"鸟惊心",听觉形象。

2. 永夜角声悲自语,中天月色好谁看?

《宿府》

3. 映阶碧草自春色,隔叶黄鹂空好音。

《蜀相》

4. 暗飞萤自照,水宿鸟相呼。

《倦夜》

5. 黄牛峡静滩声转,白马江寒树影稀。

《送韩十四江东觐省》

以上数例,都是一句写所见:月色、碧草、飞萤、树影;另一句则写所闻:角声、鹂音、鸟呼、滩声。

6. 脆添生菜美,阴益食单凉。

《陪郑广文游何将军山林十首》

上句写味觉:生菜之"脆美";下句写触觉:食单之"阴凉"。

7. 雨洗娟娟净,风吹细细香。

《严郑公宅同咏竹》

上句写视觉:雨洗竹色之"净";下句写嗅觉:风吹竹气之"香"。

很显然,在上下句分别表现不同的感觉是诗人有意为之的。这样既使对仗有所变化,又能丰富读者的审美感受。

(三)动静变化

一联之中,一句进行动态描写,另一句则侧重于静态描写。如:

1.高江急峡雷霆斗,翠木苍藤日月昏。

《白帝》

高江急峡中浪涛奔涌若雷霆轰响,这是动态的景象;翠木苍藤间阴云密布、日月无光,则是静态的景象。

2.竹光团野色,舍影漾江流。

《屏迹三首》

竹光笼罩野色,相对呈静态;而舍影在江流中摇漾,则是相对呈动态的。与此类似的还有:

3.薄云岩际宿,孤月浪中翻。

《宿江边阁》

4.星垂平野阔,月涌大江流。

《旅夜书怀》

5.乱云低薄暮,急雪舞回风。

《对雪》

6.黄云高未动,白水已扬波。

7.落花游丝白日静,鸣鸠乳燕青春深。

《题省中院壁》

上下句一动一静,相映成趣。

(四)物我变化

对仗的上下句一句侧重于自我,另一句则侧重于外物。如:

1.舟中得病移衾枕,洞口经春长薜萝。

《览物》

2.绣羽衔花他自得,红颜骑竹我无缘。

《清明二首》

3.身世双蓬鬓,乾坤一草亭。

《暮春题瀼西新赁草屋五首》

4.圣朝无弃物,老病已成翁。

《客亭》

5.兵革身将老,关河信不通。

《登牛头山亭子》

以上数例,皆一句言"我",一句言"物"。一方面物我相浃,融为一体。如"身世双蓬鬓,乾坤一草亭"一联所表达的意思是:身世多艰,所余惟"双蓬鬓";乾坤虽大,所寄惟"一草亭"。仇兆鳌《杜诗详注》云:"双蓬鬓,老无所成;一草亭,穷无所归",正体现了这物我一体的感受。另一方面物我对照。彼此映衬,如例2中,物皆"自得",我则"无缘";例4中,物皆"无弃",我则"成翁"。一种物是人非,人生如寄的无奈与悲凉溢于言表。

(五)虚实变化

对仗句中一句着眼于现实中的情景,另一句则描写想象中的画面。如:

1.瓢弃樽无绿,炉存火似红。

《对雪》

上句写樽中酒已喝尽,连瓢也丢弃了;而下句则描写虚境:炉火灭了,但诗人仿佛还看到红红的火苗在眼前跳跃闪烁。这是一种特定情景中产生的幻觉。

2.听猿实下三声泪,奉使虚随八月槎。

《秋兴八首》

"听猿下泪"是实情,"奉使随槎"是想象。

3.祢衡实恐遭江夏,方朔虚传是岁星。

《题郑十八著作虔》

祢衡遭贬卒于江夏,方朔死后汉武方知其为岁星。这两句系用典,意思是说郑虔遭贬身陷困厄为实情,而有朝一日见知于君则为虚况。

4.虚沾周举为寒食,实藉严君卖卜钱。

《清明二首》

仇兆鳌《杜诗详注》云:"寒食之时,周举虽开大禁,而舟鲜熟食,故曰虚沾。此皆无钱之故,因思君平卖卜以自给,浊酒粗饭,即舟中饮食"。两句一虚一实,彼此映照。

5. 匣琴虚夜夜,手板自朝朝。

《西阁三度期大昌严明府同宿不到》

上句严明府三度未能来同宿,故曰:"匣琴虚夜夜";下句言严明府实则别有迎驾,故曰:"手板自朝朝"。

以上数例,或由实入虚,如例2;或以虚衬实,如例4。虚实相生,彼此映衬,显得空灵蕴藉,耐人寻味。

(六)多少变化

两句中一句表现人或物之"多"之"大";另一句则表现人或物之"少"之"小"。如:

1. 万事纠纷犹绝粒,一官羁绊实藏身。

《寄常征君》

"万事"与"一官"相对。

2. 两行秦树直,万点蜀山尖。

《送张二十参军赴蜀州,因呈杨五侍御》

"两行"与"万点"相对。

3. 含风翠壁孤云细,背日丹枫万木稠。

《涪城县香积寺官阁》

"孤云细"与"万木稠"相对。

4. 径隐千重石,帆留一片云。

《秋野五首》

"千重"与"一片"相对。

5. 谁怜一片影,相失万重云。

《孤雁》

"一片"与"万重"相对。

6.海内风尘诸弟隔,天涯涕泪一身遥。

《野望》

"诸弟隔"与"一身遥"相对。

在这些大与小、多与少的鲜明对比中,往往蕴含着诗人内心一种凄凉孤独无助的落寞之感。

(七)今昔变化

对仗联一句着眼于昔时的回顾,另一句则着眼现实的感受。如:

1.昔去为忧乱兵入,今来已恐邻人非。

《将赴成都草堂途中有作先寄严郑公五首》

2.今日江南老,他时渭北童。

《社日两篇》

3.今朝云细薄,昨夜月清圆。

《舟中》

4.牢落新烧栈,苍茫旧筑坛。

《王命》

5.秋日新沾影,寒江旧落声。

《雨四首》

6.旧采黄花剩,新梳白发微。

《九日诸人集于村》

例 4、5、6 中的"新"与"旧"亦即"新近""旧时"。以上数例中"昔时"与"今日"相互映照,深深地渗透着诗人对人世变迁,年华虚度的伤感,读罢令人唏嘘不已。

(八)信疑变化

信疑变化是一种表达语气的变化,对仗联中一句用肯定或否定的语气进行陈述或判断,另一句则用疑问句来进行设问或反诘。如:

1.负盐出井此溪女,打鼓发船何郡郎?

《十二月一日三首》

2.巫峡寒江那对眼?杜陵远客不胜悲。

《立春》

这首诗写于大历二年(767 年),诗人流落夔州,时逢立春,忆及昔时两京全盛之时,感慨系之。巫峡寒江,哪堪对眼;杜陵远客,不胜悲思。

3.盘涡鹭浴底心性?独树花发自分明。

《愁》

"底",即"何"。仇兆鳌《杜诗详注》云:"盘涡鹭浴,本自得也,疑其有何心性?独树花发,此春意也,谓其只有分明,愁出非常。故情亦反常耳。"此句看似问得无理,其实却有深意在焉。

4.客子入门月皎皎,谁家捣练风凄凄?

《暮归》

5.秋虫声不去,暮雀意如何?

《除架》

以上数例,或以肯定句与疑问句相对,或以否定句与疑问句相对,这些都是通过语言的变化来体现诗人内心的情感变化。这是因为在诗歌中,语言的一切因素都能产生其特定的表达功能。"变迁了形式,就变迁了内容。"⁽⁷⁾一般说来,疑问语气要比陈述语气灵活一些,更容易表达诗人心灵轻微的悸动。孙绍振先生曾指出:"用疑问句能把处于宁静的客观世界中主观心灵的轻微的震颤表现得细致。这样就使本身不是直接抒发的诗句带上更浓郁的抒情的超越性色彩"⁽⁸⁾,显得含蓄委婉、耐人寻思。

(九)正反变化

一句从正面表述,另一句则从反面表述。如:

1. 文章憎命达,魑魅喜人过。

《天末怀李白》

2. 寒水光难定,秋山响易哀。

《课小竖锄斫舍北果林枝蔓荒秽净讫移床三首》

3. 易下杨朱泪,难招楚客魂。

《冬深》

4. 林中才有地,峡外绝无天。

《归》

5. 有猿挥泪尽,无犬附书频。

《雨晴》

6. 欢娱看绝塞,涕泪落秋风。

《社日两篇》

7. 野径云俱黑,江船火独明。

《春夜喜雨》

例 1 中的"憎"与"喜",例 6 中的"欢娱"与"涕泪",例 7 中的"俱黑"与"独明",例 2、3 中的"难"与"易",例 4、5 中的"有"与"无",皆一正一反,形成鲜明的对比,而又相反相成,从不同角度表达出诗人难言的痛楚与忧思。从对仗的形式上看,"理殊趣合"的反对比"事异义同"的正对在意义表达上有更大的腾挪余地。

(十)句法变法

对仗的上下句字面虽相对,但其深层的句法关系则不相同,如:

1. 秋水才深四五尺,野航恰受两三人。

《南邻》

上句为主述补结构:<u>秋水</u>[才]深<四五尺>;

下句为主述宾结构:<u>野航</u> 恰受 两三人。

2. 昼引老妻乘小艇,晴看稚子浴清江。

《进艇》

上句为连动结构:[昼]引 老妻 乘 小艇;

下句为述宾结构:[晴]看 稚子浴清江。

3. 不眠忧战伐,无力正乾坤。

《宿江边阁》

上句中"忧战伐"为述宾结构:为战伐忧心;

下句中"正乾坤"则为使动结构:使乾坤重正。

4. 国破山河在,城春草木深。

《春望》

两句均由紧缩句构成,但是其中蕴含的逻辑关系不同。

上句为转折关系:国(虽)破/(但)山河在;

下句为因果关系:城(因)春/(故)草木深。

有时虽然上下句同属一类紧缩复句,但其深层语义关系上也有所变化。如:

5. 水净楼阴直,山昏塞日斜。

《遣怀》

上句由因推果:水净/(故)楼阴直;

下句由果溯因:山昏/(因)塞日斜。

以上数例皆字对义别,貌合神离,堪称整中求变的佳构。

前人曾由衷赞叹杜甫律诗"对偶未尝不精,而纵横变化,尽越陈规,浓淡浅深,动夺天巧"。从以上的例析中可以看出,杜甫律诗对仗中的确存在种种"纵横变化"。这些变化有的表现在内容方面,如时空之变、物我之变等,有的则表现在形式方面,为信疑之变、句法之变等。这些变化充分体现出诗人"中律而不为律缚"的艺术功力与创造精神。它能化板滞为灵动,不仅达到形式与内容的辩证统一,而且有效地拓展了诗句的审美空间,使诗歌的情感内涵得到多层次、多角度的表达,从而大大增强了近体诗尤其是律诗语言的审美功能。

【注释】

(1)童山东.对偶:语言文化的有意味形式[J].湖南师范大学社会科学学报,1990(1):82-87.

(2)刘勰.文心雕龙.哈尔滨:黑龙江人民出版社,2004:147.

(3)郭绍虞.照隅室语言文字论集.上海:上海古籍出版社,1979:103.

(4)何文焕.历代诗话//朱承爵.存余堂诗话.北京:中华书局,1981:792.

(5)王力.王力论学新著.南宁:广西人民出版社,1988:33.

(6)严羽.沧浪诗话.北京:中华书局,1985:370.

(7)朱光潜.谈文学.北京:人民文学出版社,1992:52.

(8)孙绍振.美的结构.北京:人民文学出版社,1988:209.

第三节　对仗联间变化

范温在《潜溪诗眼》中说过:"古人律诗亦是一片文章。"诗中的四联,起承转合,自有机杼。根据格律的要求,处于承转之间的颔、颈两联要用对仗,上下两句犹如两轮之齐驱,双峰之并峙,体现出一种整饬匀称的美感。但如果仅仅追求整齐凝重而缺乏腾挪变化,则又会使诗句流于板滞或重复。"艺术的基本原则是寓变化于整齐。"[1]因此,高明的诗人在注重对仗工整的同时往往也力求在对仗的两联之间有所变化。这虽然没有明确的格律要求,但似乎已成了诗人的一种自觉的审美意识。明代诗歌理论家李东阳就曾批评过唐代诗人许浑律诗的对仗"前联是景,后联又说,殊乏意致耳"[2]。这是十分中肯的。我们通过考察杜甫律诗中的对仗联运用就能更为清楚地看到这一点。

杜甫的律诗被钱良择推崇为"千古律诗之极则"(《唐音审体》)。沈德潜具体分析杜甫律诗有四个方面是他人难以企及的,即"事之博也,才之大也,气之盛也,格之变也"[3]。其中"格之变"的确是一个极为重要的方面。杜甫诗歌之所以能臻于完美的艺术境界,与他坚持创新求变的审美追求是分不开的。乔亿《剑溪说诗》:"七律至于杜子美,古今变态尽矣。"这里所说的"变态",不仅包括内容风格之变,而且也包含了结构语式之变。杜甫博采众长,又自创新格。他的律诗对仗工稳典丽,而两联之间又充满变化,这样就使诗歌的意蕴更为丰富,结构更为灵活,语句更有弹性,充分体现了诗人的艺术匠心。下面分三方面对此试作分析。

（一）内容方面

时空之变

对仗的前后两联一联表现时间,另一联则表达空间。如:

1. 浮云连海岱,平野入青徐。

　孤嶂秦碑在,荒城鲁殿余。

《登兖州城楼》

前联着眼于空间,展示宏阔的视野,后联着眼于时间,凭吊千古遗踪。赵沐曰:"三四宏阔,俯仰千里;五六微婉,上下千年。"[4]

2. 怅望千秋一洒泪,萧条异代不同时。

　江山故宅空文藻,云雨荒台岂梦思。

《咏怀古迹五首》

前联"千年""异代"均为从时间上着笔,后联"江山故宅""云雨荒台"则从空间上着笔,时空两个维度交叉迭映,有效地拓展了诗歌的审美境界。

感觉之变

两联中一联描写视觉形象,另一联则描写听觉、嗅觉等其他感觉形象。如:

1. 星临万户动,月傍九霄多。

　不寝听金钥,因风想玉珂。

《春宿左省》

前联中的"星临万户""月傍九霄"均为视觉形象,而后联中的

"金钥""玉珂"则为听觉形象,视听结合,有声有色,饶有情趣。

2.采花香泛泛,坐客醉纷纷。

野树歌还倚,秋砧醒却闻。

《九日五首》

前联上句明写花香,下句暗写酒香,侧重于嗅觉描写;后联各自写歌声、砧声,侧重于听觉描写。两联各自表达不同的感觉,这样既能使对仗的内容有所变化,又能使读者得到丰富的审美感受。

动静之变

两联中一联写动态,另一联写静态。如:

1.荒庭垂橘柚,古屋画龙蛇。

云气虚青壁,江声走白沙。

《禹庙》

前联首力描写禹庙的荒凉沉寂:庭垂橘柚,无人采摘;屋画龙蛇,无人欣赏。后联则描写大自然的飘诵,江声的喧腾。前后动静相映,含蓄地表达了诗人内心深沉的人世沧桑之感。

2.澄江平少岸,幽树晚多花。

细雨鱼儿出,微风燕子斜。

《水槛遣心二首》

前联中的"澄江平岸""幽树多花",表现出一种宁静清幽的气氛,后联"细雨鱼出""微风燕斜"则表现出一种生趣盎然的动态。两联一静一动,既有变化又显得十分和谐。

情景之变

两联中一联侧重写景,另一联则侧重抒情,这种情况在杜甫律诗中较为常见。如：

1. 星垂平野阔,月涌大江流。

名岂文章著,官应老病休。

《旅夜书怀》

前联写"旅夜"之景,后联则书"旅夜"之怀,情因景生,两者融为一体,感人至深。

2. 无边落木萧萧下,不尽长江滚滚来。

万里悲秋常作客,百年多病独登台。

《登高》

前联写夔州秋日登高所望之景:落木萧萧,江流滚滚;后联写登高所望之情:羁旅之愁、怀乡之叹、老病之悲、孤独之苦。这正如谢榛在《四溟诗话》中所说的:"景乃情之媒,情乃诗之胚,合而为诗。"

人物之变

两联中一联写物,另一联则写人。如：

1. 自去自来梁上燕,相亲相近水中鸥。

老妻画纸为棋局,稚子敲针作钓钩。

《江村》

前联写堂上燕、水中鸥,着眼于物事;后联写妻与稚子的活动,着眼于人。人与物相互映照,烘托出一幅江村夏日安详宁静的生活画面。

2. 清琴将暇日,白首望霜天。

登俎黄甘重,支床锦石圆。

《季秋江村》

同上例一样,此联中也是一联写人,另一联咏物,以物衬人,两者相映成趣,表现出一种"虽贫亦可以自乐"的怡然心态。

虚实之变

两联中"一实者必一虚",即一联写实,另一联从虚处着笔。如

1.风飘律吕相和切,月傍关山几处明。

　　胡骑中宵堪北走,武陵一曲想南征。

《吹笛》

前联上句描写悠扬的笛声随风飘扬,下句点出笛中所吹的曲调是《关山月》,都是从实处着笔;后联侧重描写笛声的感人效果,避实而就虚,显得空灵蕴藉,耐人寻味。

2.羽毛知独立,黑白太分明。

　　不觉群心妒,休牵众眼惊。

《花鸭》

前联实写花鸭"独立"的姿态与"分明"的毛色;后联则从虚处落笔,渲染这种姿态与毛色可能产生的后果。这样变换角度,虚处传神,给读者留下了深刻的印象。

阔细之变

两联中一联境界宏阔,另一联则境界工细。如:

1.吴楚东南坼,乾坤日夜浮。

　　亲朋无一字,老病有孤舟。

《登岳阳楼》

前联落笔于"吴楚""乾坤"境界阔大,气象雄浑;后联则着力表

现诗人自身迟暮多病,孤舟漂泊的困窘,与前联形成鲜明的比照。

2.诏从三殿去,碑到百蛮开。

野馆浓花发,春帆细雨来。

《送翰林张司马南海勒碑》

李梦阳曾评论此两联"前半阔大,后半工细也。"(《再与何氏书》)这种情形在杜诗中十分常见。如"楚天不断四时雨,巫峡常吹千里风。沙上草阁柳新暗,城边野池莲欲红"(《暮春》),"乾坤万里眼,时序百年心。茅屋还堪赋,桃源自可寻"(《春日江村五首》),等等,都是前联阔大,后联工细。"送景者意必二,阔大者半必细,此最律诗三昧。"[5]从这种境界阔细之变中,我们也能体会出诗人整中求变的审美追求。

(二)手法方面

赋比之变

两联中一联用赋的手法,即铺陈描叙,后一联则用比的手法,即援喻设譬。如:

1.北风随爽气,南斗避文星。

日月笼中鸟。乾坤水上萍。

《衡州送李大夫七丈勉赴广州》

2.骅骝开道路,鹰隼出风尘。

行色秋将晚,交情老更亲。

《奉简高三十五使君》

例1前联用赋,后联用比;例2则前联用比,后联则用赋。赋以直述情事,比以发联想。两者交替运用,互为表里,有效地增强了诗歌的表现力。

婉直之变

两联中一联直接描述,另一联是借助典故委婉表达。如:

1. 信宿渔人还泛泛,清秋燕子故飞飞。

　匡衡抗疏功名薄,刘向传经心事违。

《秋兴八首》

前联描写眼前实景,后联则以典喻今,委婉地表达自己内心对"功名薄""心事违"的怅恨之情。

2. 奉引滥骑沙苑马,幽栖真钓锦江鱼。

　谢安不倦登临费,阮籍焉知礼法疏。

《奉酬严公寄题野亭之作》

前联用直笔记叙诗人与严公骑马钓鱼之情事;后联运用典故,以谢安比严武,以阮籍自喻,含蓄地表现出两人之间极为深厚的情谊和诗人自己疏旷的襟怀。两联一直一婉,一古一今,语辞委婉而情意真切。

顺逆之变

一联用顺叙或平叙,另一联则用倒叙,先抚今而后忆昔。如:

1. 结缆排鱼网,连樯并米船。

　今朝云细薄,昨夜月清圆。

《舟中》

前联描写舟中之所见:结缆排网,连樯并船,是平叙;后联则先写眼前之景:云细薄,然后再写昨夜之景:月清圆。两联时序倒换,语势顿宕,与前联形成对比;同时也极为含蓄地表达出诗人内心深处那种漂泊孤独之感。

2.几时杯重把,昨夜月同行。

列郡讴歌惜,三朝出入荣。

《奉济驿重送严公四韵》

前联上句因眼前之别筵生发感叹:几时杯重把?下句则转忆前事:昨夜月同行。两句先今后昔,形成逆挽之势;后联则运用常规顺序表述。如此一正一变,一顺一逆,化板滞为跳脱,显得活泼灵动。

正侧之变

两联中一联作正面描叙,另一联则变换角度,从侧面烘托渲染。如:

1.枝枝总到地,叶叶自开春。

紫燕时翻翼,黄鹂不露身。

《柳边》

前联从正面描写春柳的繁茂;后联则变换角度,以"紫燕时翻翼""黄鹂不露身",从侧面烘托出春柳的枝繁叶茂。如此便能背面敷粉,睹影知竿,多角度地表达出诗句的意趣。

2.随风潜入夜,润物细无声。

野径云俱黑,江船火独明。

《春夜喜雨》

前一联正面描写春雨随风潜入夜,润物细无声的情景;后一联则撇开春雨,转写雨中的野径和渔火,以构成霏霏春雨的背景,两联合起来,则成为一幅意境优美的春夜喜雨图。

(三)语式方面

句法之变

张中行先生在《诗词读写丛话》中曾提出:"律诗中间两联结构不可用同一个模式,否则算合掌。"他这里所说的结构即指诗的句法结构。为说明这一点,张先生举出下面一例:

绣槛临沧渚,牙樯插暮沙。

浦云沉断雁,江雨入昏鸦。

这两联句法结构用的正是"同一个模式"。这种情况在杜诗中极为少见,在他的律诗对仗的两联中,句法结构灵活多变。如:

1.去矣英雄事,荒哉割据心。

芦花留客晚,枫树坐猿深。

《峡口二首》

前联用倒装句,"去矣英雄事"即"英雄事去矣"的倒装;后联则用常规句。两联相互映衬以见变化。

2.天风随断柳,客泪堕清笳。

水净楼阴直,山昏塞日斜。

《遣怀》

前联用单句构成对仗:天风随断柳,客泪堕清笳;后联则用因果复句构成对仗:(因)水净/(故)楼阴直,山昏/(因)塞日斜,句法有明显变化。

语气之变

两联中一联用肯定语气,另一联则用疑问语气或否定语气。如:

1. 九江日落醒何处? 一柱观头眠几回?

   可怜怀抱向人尽,欲问平安无使来。

《所思》

2. 旧来好事今能否? 老去新诗谁与传?

   棋局动随寻涧竹,袈裟忆上泛湖船。

《因许八寄江宁旻上人》

以上两例都是前联用疑问语气,后联用肯定或否定语气,一疑一信,参差错落,体现出诗歌语式方面的灵活变化。

节奏之变

律诗的语言节奏大都较为均齐,这样既便于吟诵也便于记忆。如果对仗的两联都运用同样的节奏,则又容易流于板滞。例如祖咏的《望蓟门》中两联:

万里/寒光/生/积雪,三边/曙色/动/危旌。

沙场/烽火/侵/胡月,海畔/云山/拥/蓟城。

以上两联的节奏一模一样,显得有点平板单调,所以有人讥评这首诗"中四句太相似"。律诗本贵乎整,然"少陵深于古体,运古于律,所以开阖变化,施无不宜。"[6]这种"运古于律"的创作方法在一定程度上带来了诗句节奏的变化。如:

1. 春水/船如天上坐,老年/花似雾中看。

   娟娟戏蝶/过闲慢,片片轻鸥/下急湍。

《小寒食中作》

前联为"2/5"节奏,后联为"4/3"节奏。

2.永夜角声悲/自语,中天月色好/谁看?

　风尘荏苒/音书绝,关塞萧条/行路难。

《宿府》

前联为"5/2"节奏,后联为"4/3"节奏,

这种看似不和谐的节奏变化,就像音乐中不同的切分音,能给平板的节奏带来轻快的旋律,突出诗歌语言的弹性与张力。

以上从几方面对杜甫律诗对仗两联之间的变化作了些初步的例析。因为前贤对这方面的论述并不多见,所以本书的讨论也只是尝试性的。分类不一定得当,论析也不一定中肯。尽管如此,我们仍然可以大致得出这样的结论:杜甫律诗对仗联之间的变化是灵活而又丰富的,这充分体现了杜甫创新求变的审美追求。这种变化能寓活于规矩之中,化板滞为灵活,变雷同为活泼,有效地丰富了近体诗创作的审美手段,拓展了诗句的审美空间,为后人从事律诗创作与鉴赏留下了宝贵的艺术经验。

【注释】

(1)朱光潜.谈文学.北京:人民文学出版社,1992:179.

(2)李东阳.麓堂诗话.北京:商务印书馆,1936:207.

(3)沈德潜.唐诗别裁集.北京:中华书局,1985:436.

(4)仇兆鳌.杜诗详注.北京:中华书局,1979:436.

(5)胡应麟.诗薮.上海:上海古籍出版社,1958:247.

(6)刘熙载.艺概.上海:上海古籍出版社,1983:148.

第四节　尾联语式特征

"古人律诗亦是一片文章,语或无伦次,而意若贯珠"[1],因此构成律诗的首、颔、颈、尾四联在章法上一般要讲究起、承、转、合的变化。这样的结构安排本身便蕴含着对律诗的四联各有不同的审美要求。前代诗论家对此多有论述,其以范梈的说法最具代表性。他提出:"律诗的第一联是起,第二联是承,第三联是转,第四联是合……大抵起处要平直,承处要从容,转处要变化,合处要渊永。"(《诗法正论》)这种概括从大体上来说是符合古人律诗创作实践的。但如果我们试从句法形式的角度,对这一问题进行考察,就可以发现,与起、承、转、合的章法变化相对应,律诗四联的句法结构也有其各自不同的语式特征。其中尤以尾联的句法形式变化最为丰富多样。"一篇之妙在乎落句。"[2]而这落句之"妙",既体现于尾联情感表达的微妙,同时也体现于尾联中语式运用的巧妙。两者之间有着紧密的内在联系。

杜甫的律诗代表着我国古代近体诗创作的最高成就。他不仅在内容、风格、题材等方面有着卓越的开拓与建树,更在语言形式方面进行了不懈的探索与创新,以至达到了"格法、句法、字法、章法,无美不备,无奇不臻"的地步,成为"千古律诗之极则"。本节拟就杜甫诗尾联中常见的句法形式及其表达功能作例析,以期从语式运用的角度对诗人"锻炼尽致""备极变态"的艺术追求进行初步的探讨。

杜甫律诗尾联中常见的句法形式有以下几种类型:(一)由单句构成一联;(二)由复句构成一联;(三)由问答句构成一联。下面分别举例分析。

(一)由单句构成一联

律诗的"句",或为五言,或为七言,它着眼于字数与节奏,一般把它称为语义句。在近体诗中,这两种"句"有时是一致的,即一个格律句又正好是一个语句,如"无边落木萧萧下,不尽长江滚滚来"(杜甫《登高》);但有时两者又并不一致,比如一联的上下两个格律句合起来只构成一个语义句,即单句。在杜甫律诗中构成尾联的单句形式有以下几种类型。

上下句由一个主谓结构单句构成

上句往往为单句的主语部分,下句则为谓语部分。如:

1.寂寞骊山道,清秋草木黄。

《斗鸡》

——<u>寂寞骊山道</u>,<u>清秋草木黄</u>。

2.年少临洮子,西来亦自夸。

《秦州杂诗二十首》

——<u>年少临洮子</u>,<u>西来亦自夸</u>。

3.他日嘉陵泪,仍沾楚水还。

《承闻故房相公灵榇自阆州启殡归葬东都,有作二首》

——<u>他日嘉陵泪</u>,<u>仍沾楚水还</u>。

有时上句为主语 + 谓语的一部分,下句为谓语的另一部分。如:

4.人传有笙鹤,时过北山头。

《玉台观二首》

——<u>人</u>传有笙鹤,时过北山头。

若细分,可将"有笙鹤时过北山头"视作"传"的宾语。

上下句由一个述宾单句构成

常见的情况是上句前半截为述语,后半截 + 下句合起来构成宾语。如:

1.只疑淳朴处,自有一山川。

《陪郑广文游何将军山林十首》

——<u>只疑</u>淳朴处,自有一山川。

2.方知不材者,生长漫婆娑。

《恶树》

——<u>方知</u>不材者,生长漫婆娑。

以上两例宾语都由一个主谓语短语构成。

3.知君未爱春湖色,兴在骊驹白玉珂。

《奉寄别马巴州》

——<u>知</u>君未爱春湖色,兴在骊驹白玉珂。

宾语由一个并列复句构成。

4.寄语舟航恶年少,休翻盐井横黄金。

《滟滪》

——<u>寄语</u>舟航恶年少,休翻盐井横黄金。

宾语为双宾语结构。

上下句由一个状中结构单句组成

上下句由一个状语或状语一部分,下句为状语 + 中心语。

1. 自到青冥里,休看白发生。

《赠陈二补阙》

——[自到青冥里],[休]<u>看白发生</u>。

2. 只应与朋好,风雨亦来过。

《陪郑广文游何将军山林十首》

——[只应与朋好],[风雨亦]<u>来过</u>。

3. 自从失词伯,不复更论文。

《怀旧》

——[自从失词伯],[不复更]<u>论文</u>。

上下句由一个兼语结构单句构成

1. 莫令鞭血地,再湿汉臣衣。

《遣愤》

——[莫]<u>令</u><u>鞭血地</u>,<u>再湿汉臣衣</u>。

2. 已添无数鸟,争浴故相喧。

《春水》

——[已]<u>添</u><u>无数鸟</u>,<u>争浴故相喧</u>。

3. 莫令回首地,恸哭起悲风。

《收京》

——[莫]<u>令</u><u>回首地</u>,<u>恸哭起悲风</u>。

杜甫律诗尾联多以单句作结,自有独特的表达功能。其一,构成尾联的单句形式与前面构成额、颈二联的并列复句形式之间形成对照。前者灵动畅达,后者整饬凝重。一骈一散,一动一静,相映而成趣。侯孝琼先生曾指出:"(律诗)特别要求第四联两句一气贯串,以不对为佳,这样可以避免通首平行对仗,意脉难于流畅的毛病"⁽³⁾,说的正是这个道理。其二,以单句作结,更显得语势活泼而又情致悠长。如"请看石上藤萝月,已映洲前芦荻花"(《秋兴八首》),"不知西阁意,肯别定留人"(《不离西阁二首》),"唯余旧台柏,萧瑟九原中"(《哭长生侍御》),等等,都犹如"撞钟之响",语势流转畅达,清音悠扬有余,给人以无穷的回味。

(二)由复句构成一联

除了用单句作结以外,杜甫律诗的尾联也常常运用多种复句形式,诸如因果复句、转折复句、假设复句、递进复句等,而在中两联常用的并列复句则较为罕见。

以因果复句作结

1. 老人因病酒,坚坐看君倾。

　　　　　《季秋苏五弟缨江楼夜宴崔十三评事韦少府侄三首》

——老人因病酒,/(故)坚坐看君倾。

2. 明朝有封事,数问夜如何。

　　　　　　　　　　　　　　　　　《春宿左省》

——(因)明朝有封事,/(故)数问夜如何。

3. 为接情人饮,朝来减片愁。

　　　　　　　　　　　　　　《巴西驿亭观江涨呈窦使君二首》

——为接情人饮，/（故）朝来减片愁。

仇兆鳌《杜诗详注》："对饮销愁，感在使君也。"

以递进复句作结

1. 尽怜君醉倒，更觉片心降。

《季秋苏五弟缨江楼夜宴崔十三评事韦少府侄三首》

2. 习池未觉风流尽，况复荆州赏更新。

《将赴成都草堂途中有作先寄严郑公五首》

仇兆鳌《杜诗详注》："习池，自比草堂；荆州，借比严公"。

3. 不但习池归酩酊，君看郑谷去奚缘。

《宇文晁崔彧重泛郑监前湖》

——不但习池归酩酊，/君看郑谷（又）去奚缘。

侯孝琼《少陵律法通论》："递进作结，由此游而企望他日之游。"

以假设复句作结

1. 倘忆江边卧，归期愿早知。

《送王侍御往东川放生池祖席》

——倘忆江边卧，/（则）归期愿早知。

2. 不有小舟能荡桨，百壶那送酒如泉。

《城西陂泛舟》

——不有小舟能荡桨，/（则）百壶那送酒如泉。

以转折复句作结

1. 虽无南去雁，看取北来鱼。

《酬韦韶州见寄》

——虽无南去雁,/（然）看取北来鱼。

"鱼、雁"皆书信。

2. 盐车虽绊骥,名是汉庭来。

《李监宅二首》

——盐车虽绊骥,/（然）名是汉庭来。

仇兆鳌《杜诗详注》引顾宸语："骥困盐车,比官之闲冷。然天马来自汉庭,终当大用。"

3. 晋山虽自弃,魏阙尚含情。

《送李卿晔》

——晋山虽自弃,/（然）魏阙尚含情。

《杜诗详注》："盖身虽废弃而心犹恋阙也。"

4. 使者虽光彩,青枫远自愁。

《送李功曹之荆州充郑侍御判官重赠》

——使者虽光彩,/（然）青枫远自愁。

以顺承复句作结

1. 已堕岘山泪,/因题零雨诗。

《随章留后新亭会送诸君》

2. 维舟倚前浦,/长啸一含情。

《公安县怀古》

3. 即从巴峡穿巫峡,/便下襄阳向洛阳。

《闻官军收河南河北》

以上数例,上下句之间或从时间上或从事理上前后紧密相承。

以多重复句作结

尾联的两个格律句有时由多重复句构成。如：

1. 不眠忧战伐，无力正乾坤。

《宿江边阁》

——不眠//（因）忧战伐，/（然）无力正乾坤。

（因果）　　　　　（转折）

2. 细推物理须行乐，何用浮名绊此身。

《曲江二首》

——（若）细推物理/须行乐，//（又）何用浮名绊此身。

（假设）　　（顺承）

以复句形式作结，能有效地增加诗歌语言的密度，让有限的语言空间包孕更丰富曲折的语义内容，如"不眠忧战伐，无力正乾坤"一联，短短十个字，便准确细腻地刻画出了诗人内心复杂深沉的身世之悲与家国之恨。言简意丰，语短情长，饶有深致。同时，以复句形式作结，还有助于体现近体诗语言那种腾挪顿宕、抑扬起伏的韵致。杜诗中这些复句构成的尾联，或呼应纵收，如"年过半百不称意，明日看云还杖藜"（《暮归》）；或转宕起伏，如"远游虽寂寞，难见此山川"（《季秋江村》）；或由因溯果，如"为接情人饮，朝来减片愁"（《巴山驿亭江涨呈窦使君二首》）；或逐层深递，如"尽怜君醉倒，更觉片心降"（《季秋苏五弟缨江楼夜宴崔十三评事韦少府侄三首》）；等等，都无不既畅达又流转，抑扬有致，舒卷自如，充分显示出古典诗歌语言的弹性美。

(三)由问答句构成一联

1.飘飘何所似？天地一沙鸥。

《旅夜书怀》

2.明年此会知谁健？醉把茱萸仔细看。

《九日蓝田崔氏庄》

3.云山千万迭,底处上仙槎？

《舟泛洞庭》

4.客愁全为减,舍此复何之？

《后游》

5.何为西庄王给事,柴门空闭锁松筠？

《崔氏东山草堂》

以上数例中,例1上下一问一答,即景自况,抒发了诗人内心深处一种漂泊无依的感伤。例2上句设问,表现出诗人沉重的心情和难言的忧思;下句则似答而非答,通过手把茱萸醉眼看的情态作结,不置一言,却使人感到意味深长,悠然无穷。例3、4、5则以上下两句共同构成设问,似结非结,留下了一定的语义空白。这样的结尾妙在能发作者之幽思,启读者之遐想,使诗的题旨显得更为深沉,意境显得更为悠远。

与前三联相比,杜甫诗尾联的语式变化要丰富得多。这也与律诗四联各自不同的表达功能有关。一般说来,首联"起处要平直",以便开篇点题,提引下文,因此表现在句法上则为多用顺承复句,上下两句势如贯珠,紧密相承。如"西蜀樱桃也自红,野人相赠满筠笼"(《野人送朱樱》),"巴山遇中使,云自峡城来"(《巴山》),等等,大都是下句紧承上句语义,提挈全篇,为以下三联张本蓄势。额联、颈联处于全诗的腹心,构成律诗的主体部分,在声律上又要求对仗,所以这两联多采用两两相对的并列复句形式,以便于从容地铺排挥洒。如"星垂平野阔,月涌大江流"(《旅夜书怀》),"蓝水远从千涧落,玉山高并两峰寒"(《九日蓝田崔氏庄》),等等,上下两句犹如双峰并峙,两水分流,语言形式整齐而凝重,内容表达从容而蕴藉。至于尾联,腾挪变化的余地就更大了。前代诗论家对律诗尾联的"作法"也论述甚多。或云:"断句:执须快速,以一意贯两意"[4];或云:"欲如高山放石,一去不回"[5];或云:"篇终出人意表,或反终篇之意皆妙"[6];或云:"结句大约别出一层,补完题蕴"[7];等等。这些论者虽见解不一,但都各自有所据,在杜甫诗尾联中也都能找出各种不同的例证。朱光潜先生说过:"变迁了形式,就变迁了内容"[8],这正是杜甫律诗尾联句法形式曲折多变的原因之所在。高友工先生在《律诗的美学》中曾指出:"一种格律诗形式,只有当它的形式要素对诗的总体艺术效果产生重大的作用时,它才能被认为在艺术上是有价值的。在其最富活力的状态下,诗的形式在创作过程的形成中起着不可或缺的作用。因而,在一首成功的诗作中,形式是诗人构思中不可缺少的一部分,它与诗人意境的实现不可分离。"[9]杜甫正是以他"语不惊人死不休"的执着追求与努力开拓,不断地丰富着诗歌的语言形式,增强其表达功能,从而使律诗创作逐渐臻于完美成熟的艺术境界。其律诗尾联丰富灵活的语式变化正是他这种艺术追求的生动体现。

【注释】

(1)范温.潜溪诗眼//王大鹏,张宝坤,田树生,等.中国历代诗话选.长沙:岳麓书社,1985:283.

(2)郭知达.九家集注杜诗.北京:中华书局,1981:432.

(3)侯孝琼.少陵律法通论.郑州:中州古籍出版社,1996:241.

(4)徐亚鼐.雅道机要//王大鹏,张宝坤,田树生,等.中国历代诗话选.长沙:岳麓书社,1985:109.

(5)魏庆之.诗人玉屑//张葆全,周满江.历代诗话选注.桂林:广西师范大学出版社,2020:108.

(6)姜夔.白石诗说//张葆全,周满江.历代诗话选注.桂林:广西师范大学出版社,2020:92.

(7)方东树.昭昧詹言.北京:人民文学出版社,1961:377.

(8)朱光潜.谈文学.北京:人民文学出版社,1992:52.

(9)高友工.律诗的美学//倪豪士.美国学者论唐代文学.黄宝华,等译.上海:上海古籍出版社,1994:24.

第四章　创格——"语不惊人死不休"

第一节　语词超常嵌合

英国诗人雪莱说过:"诗使它触及的一切变形。"这里所说的"变形",实际上是指诗人根据自己的主观审美意识,对语言符号实现其审美变异,使常规语言在他们笔下被强化、浓缩、断裂、扭曲等,从而将普通语言符号转化为诗中的艺术符号。汉语是一种重神摄、重意会的人文性语言,其"用词组句,偏重心理,略于形式"[1]。在这种语言基础上形成的中国古典诗歌,尤其是近体诗,由于表达的需要,对常规语言的"变形"就更为突出了。近体诗格律谨严,在字数、平仄等方面,都有一定的限制。要在这么严格的规范中表达美的情韵,创造美的意境,就不得不突破语言的樊篱,在语词组合、语序变换等方面作审美变异,以别开蹊径,标新出奇。近体诗中常常出现的倒装、省略、紧缩、转品等特殊表达方式,实际上都是语言变异的具体运用。在这种种变异手段中,语词超常嵌合显得格外突出。在近体诗中,常常可以看到一些语词被"不合常理"地嵌合在一起,虽然看起来不"规范",不"和谐",但却能给人带来一种生新奇特的审美愉悦,为诗句增添了不少情味韵致,具有很高的审美价值。

"诗之变自杜始"[2]。这里所说的"变",既是指内容、风格等方面的变化,也包含着诗歌语言形式方面的变化。杜甫转益多师而又戛戛独造,他善于在格律中求变化,于规矩中图创新,他的近体诗,尤其是律诗在语言形式上往往突破某些常规语式的规范,"中律而不为律缚"[3],在广泛汲取总结前人艺术经验的基础上对近体诗语言形式作出了可贵的探索。语词超常嵌合就是这种探索的生动体现。下面拟从感知方式、结构形式及审美功能等方面对此作探讨。

钱钟书先生说过:"诗人对事物往往突破了一般经验的感受,有更深细的体会,因此,也需要推敲出一些新奇的字法"。[4]这段话精辟地阐述了诗歌的语言变异手段("推敲出一些新奇的字法")与诗人特殊的感知方式("突破了一般经验的感受")之间有着密切的联系。这种特殊的感知方式在杜甫律诗中大致表现为以下几种类型。

(一)虚实相济

诗人在创作过程中,有时一反常规的逻辑,借助奇特的想象与联想,将一些具象与抽象的概念直接嵌合在一起,虚实相济,构成特殊的语义场。这种看似不近情理、不合常规的表达方式虽然不符合现实的逻辑,但却往往正是诗人对生活进行审美观照所产生的独特感受的结晶,符合情感的逻辑、想象的逻辑。这种虚实嵌合的变异方式为诗句增添不少情韵。如:

1.细推物理须行乐,何用浮名绊此生。

《曲江二首》

"绊"一般是用来表示具体动作的词,其施事者与受事者往往是具体的人或事物,如"缰绳绊住了马腿"。但诗人在此却有意将"浮名"与"此生"这些抽象的概念与之嵌合,虚与实被别开生面地糅合在一起,形成了一种特殊的情境。

2.沙村白雪仍含冻,江县红梅已放春。

《留别公安太易沙门》

"春"本是无形的,诗中却用表实际意义的动词"放"与之搭配,化虚为实,借以引发人们的审美想象。

3.东林竹影薄,腊月更须栽。

《舍弟占归草堂检校聊示此诗》

"竹影"本是不具质感的东西,诗中却用表示具体事物质地的"薄"来形容,显得空灵别致。类似的还有"野润烟光薄,沙暄日色迟"(《后游》)等。

4.秋思抛云髻,腰肢胜宝衣。

《即事》

"秋思"是空灵无迹的事物,而"抛"则是具体实在的动作,按正常的逻辑是无法搭配组合在一起,但在这里却显得无理而有趣,颇为耐人寻味。

(二)错觉示现

错觉,是人的感觉器官集中注意时引起的感知误差。有时诗人在特定的心理状态下对客观事物产生的错觉往往具有一种审美的意义,其中蕴含着诗人独特的审美体验。在杜甫律诗中,常常可以看到诗人们借助语词嵌合这一变异手段,将种种新奇微妙的审美错觉予以艺术地示现。如:

1.吴楚东南坼,乾坤日夜浮。

《登岳阳楼》

诗人登上岳阳楼,眼前是烟波浩渺的洞庭湖,吴楚大地仿佛被坼裂开了,日夜星辰仿佛都飘浮在湖水中一般。这无疑是一种特定情景中产生的审美错觉。

2.大声吹地转,高浪蹴天浮。

《江涨》

雨降雪融,江水遽涨,风高浪猛。在诗人感觉中,狂风吹得大地在不停地旋转,高高的浪尖像脚一样"蹴"着天空,让天空似乎也飘浮起来了。

3.四更山吐月,残夜水明楼。

《月》

夜半更深,月亮从山头上渐渐升起,可是在诗人的感觉中,却仿佛是山尖在把月亮缓缓地吐出来。

4.落日邀双鸟,晴天卷片云。

《秦州杂诗二十首》

双鸟朝夕阳飞去,片云在晴空中舒卷。而诗人却仿佛觉得那双鸟是被落日邀约而去,那片云在被晴空不断地翻卷飘动。

错觉产生是无意识的,但将错觉予以艺术的示现则是诗人的匠心独运。这种示现,能表达诗人新奇微妙的审美感受,也容易与读者的审美心理引起共鸣。正如《红楼梦》中的香菱在"学咏"时所感叹的那样:"似乎是无理的,想去竟是有理有情的。"这种看似无理无情,实则情理别具的审美错觉在杜甫律诗中常常是通过语词超常嵌合这一变异方式来表现的。

(三)通感交融

通感,在心理学上称之为联觉,即把视觉、听觉、味觉、嗅觉、触觉等感觉相互沟通起来,彼此交融转换,以表现某种特殊的心理感受。这种不同常理的感觉沟通转换,也必须借助于语词超常嵌合这一语言变异方式来表达。如:

1.水生鱼复浦,云暖麝香山。

《入宅三首》

"云"本是视觉形象,诗中却用表触觉的"暖"来与之搭配,显得无理而有趣。大地春回,连天上的云似乎也充满着融融的暖意。这是视觉与触觉的相通。

2.半扉开烛影,欲掩见清砧。

《暝》

"清砧"是听觉形象,诗人却用表视觉的"见"与之嵌合,正如仇兆鳌所云:"于无形处想出有声","于无声处描出有影"。[5]诗句表现出诗人在迷蒙的暝色中那种微妙而又新奇的心理感受。

3.香雾云鬟湿,清辉玉臂寒。

《月夜》

"雾"本是视觉形象,诗人偏用表嗅觉的"香"来形容它,极为含蓄地表达了对妻子深沉的怜爱与思念。

4.病渴三更回白首,传声一注湿青云。

《示獠奴阿段》

诗人三更病渴,獠奴为他到高山寻得水源,听那"传声一注",仿佛山间的青云也被引来的泉水沾湿了。这里是把听觉"声"与触觉"湿"有意交融在一起。

英国诗论家威廉·赫士列特在《泛论诗歌》中说:"在描写自然景物的时候,诗歌赋予感官印象以幻想的形式,使它们与激情的最强烈活动以及自然的最突出的表现融合起来。"语词间的超常嵌合为通感这一诗歌的"幻想的形式"提供了理想的表达手段。

有的学者将语言分为两种类型:科学型与技巧型。前者的语言结构手段是理性的逻辑推演,如哲学、科学论著等;后者的语言结构手段是感性的形象描绘,如文艺作品,其中主要是诗歌。诗人写作往往是为了表达内心强烈的主观情绪。在这种情绪的挤压冲击下,诗人创作时往往会偏离日常语言的常轨,有意识地造成句子成分之间的反常搭配,即错配。这种错配在杜甫律诗中主要有以下几种结构形式。

主谓错配

即主语部分与谓语部分搭配不合常规。如:

1.径隐千重石,帆留一片云。

《秋野五首》

2.春色浮山外,天河宿殿阴。

《望牛头寺》

3. <u>秋思</u><u>抛</u><u>云鬓</u>,腰肢胜宝衣。

《即事》

4. 桃花气暖<u>眼</u><u>自醉</u>,春渚日落<u>梦</u><u>相牵</u>。

《昼梦》

以上各例中,主语与谓语的搭配都明显不合常规,是诗人有意为之的错配。

述宾错配

即述语与宾语部分搭配不当。如:

1. 野亭<u>逼</u><u>湖水</u>,歇马高林间。

《暂如临邑崾山湖亭》

2. 秋水清见底,萧然<u>静</u><u>客心</u>。

《刘九法曹郑瑕丘石门宴集》

3. 竹光<u>团</u><u>野色</u>,舍影<u>漾</u><u>江流</u>。

《屏迹三首》

4. 三峡楼台<u>淹</u><u>日月</u>,五溪衣服共云山。

《咏怀古迹五首》

以上各例中的述语与宾语之间按常规逻辑都构不成支配关系,是诗人有意识的语言变异。

定中错配

即修饰语与中心语之间超常搭配。如:

1. 石泉流暗壁,草露滴(秋)根。

《日暮》

2.（竹）风连野色,江沫拥春沙。

《远游》

3.（云）石荧荧高叶曙,（凤）江飒飒乱帆秋。

《简吴郎司法》

4.请看石上（藤萝）月,已映洲前芦荻花。

《秋兴八首》

以上各例中的修饰语与中心语明显搭配不当,是一种变异性的语词嵌合。

"声律愈严,则文律不得不愈宽"[6]。诗歌语言形式有较多的局限,而律诗在字句、声律上受到的限制更多。因此诗人们往往力求寓变化于规矩,精心创造出一些新奇别致的语言形式,从而使"诗之情味与敷藻立喻之合乎事理成反比例"[7]。"敷藻立喻"在这里指的是诗歌语言的表达方式,它愈是"不合事理",则"诗之情味"愈浓厚深永。杜甫律诗中的语词超常嵌合正是这一艺术辩证法的生动体现。通过杜甫与一代代诗人的不懈努力,诗歌的语言艺术在这一辩证的发展过程中不断地得到丰富和提高。在现当代诗歌创作中,语词超常嵌合作为一种审美手段得到了更为广泛的运用。如"一痕的新月爪破了黄昏"（郭沫若《瓶》）,"我已从蔚蓝的水中钓着诗趣了"（冰心《春水》）,"幽幽的钟声在枝头颤栗"（江河《祖国啊祖国》）,"我的歌滴着我的爱"（傅天琳《我是果树一条河》）,"我是你河边破旧的老水车,数百年来纺着疲惫的歌"（舒婷《祖国啊,我亲爱的祖国》）,等等。其中变异的语词组合就像一粒粒珍珠镶嵌在诗行中,熠熠生辉。古往今来的诗歌创作实践充分表明,语词超常嵌合这一变异手段已成为诗人们所偏爱的审美表达方式。因为这种表达方式具有独特的审美功能,它能使诗歌语言更为新奇灵动,情味更加浓郁隽永,意境更为幽邃深远。

【注释】

(1)徐静茜.汉语意合特点与汉人的思维习惯.湖州师专学报(人文社科版),1987(1):15–19.

(2)朱自清.朱自清文艺论文集.呼和浩特:内蒙古人民出版社,1986:28.

(3)刘熙载.艺概.上海:上海古籍出版社,1983:74.

(4)钱钟书.七缀集.上海:上海古籍出版社,1985:59.

(5)仇兆鳌.杜诗详注.北京:中华书局,1979:1755.

(6)钱钟书.管锥编.北京:中华书局,1979:73–74.

(7)钱钟书.管锥编.北京:中华书局,1979:73–74.

第二节　对仗格式灵动

在中国诗歌由古体走向近体,由自由创作走向规范定型的过程中,杜甫的律诗创作起着极为重要的作用。其深广的思想内容与精湛的艺术技巧使后世的诗评家叹为观止:"少陵律诗,细润不碍老苍,纵横适合雅则。吾师乎! 吾师乎!"[1] "(律诗)至杜工部而曲尽其变……其气盛,其言昌,格法、句法、字法、章法,无美不备,无奇不臻,横绝古今,莫能两大。"[2] 可以说,律诗代表了杜甫诗歌创作艺术的最高成就。

律诗重在对偶,对仗联往往是一首律诗中最为出色的华彩乐章。杜甫律诗的对仗"往往参伍错综以见气力,屈盘幽深,才力奇特"[3]。如"国破山河在,城春草木深"(《春望》),"永夜角声悲自语,中天月色好谁看?"(《宿府》),等等,千百年来脍炙人口,为后人所激赏。这一方面固然是由于其内容的"屈盘幽深""厚重深广";另一方面,显然得力于其"参伍错综"的语式变异。"偶句之妙在于凝重"[4],对仗的语式的确能产生一种整饬凝重的美感,但是如果一味追求形式的工整,"规规然于媲青比白"[5],则又很可能以辞害意,影响诗歌表达的灵动流畅。"凡诗切对求工,必气弱"[6],因此高明的诗人往往能寓变化于格律限制之中。杜甫律诗对仗的语式变异正充分显示了这种翻新出奇的审美追求。为便于论述,本节拟经现代通行之语法体系剖析杜律对仗句,探究其语式变异的内在结构。

（一）语音方面

声对字不对

对仗的上下句，从字面上看似乎不对，但如果对其中某些字间作谐读，便能通过联想领会其构成对仗的妙趣。如：

1. 枸杞因吾有，鸡栖奈汝何。

《恶树》

将"枸"谐读作"狗"，则与下句"鸡"成对。

2. 马骄珠汗落，胡舞白蹄斜。

《秦州杂诗二十首》

将下句"珠"谐读作"朱"，则与下句"白"相对；将下句的"胡"谐读作"狐"，则又与上句"马"相对。

3. 鸿宝宁全秘，丹梯庶可凌。

《赠特进汝阳王二十二韵》

将上句"鸿"谐读作"红"，则与下句"丹"成对。

4. 峣关险路今虚远，禹凿寒江正稳流。

《舍弟观赴兰田取妻子到江陵喜寄三首》

将"峣"谐读作"尧"，则与下句"禹"构成工对。

以上各例从字面上看都不成对，但谐读之后，读者通过联想，能领会到一种曲径通幽般的妙趣。这种"字义俱别，声作对是"的"假对"比常规对仗语式显得更为含蓄委婉，耐人吟味。

双声迭韵对

双声迭韵,早在《诗经》中就出现过,由于它能增强语言的音乐感,历代诗人也常用到。但在律诗对仗中广泛运用,则始于杜甫。周春在《杜诗双声迭韵谱括略》中提出:"唐初律诗盛行,而其法愈密,惟少陵尤熟于此,神明变化,遂为用双声迭韵之极。"从作品的实际来看,双声迭韵的确是杜甫律诗对仗中用来显示其语式"神明变化"的重要手段。如:

1. 美名人不及,佳句法如何。

《寄高三十五书记》

"美句""佳句",双声为对。

2. 蹉跎暮容色,怅望好林泉。

《重过何氏五首》

"蹉跎""怅望",迭韵为对。

3. 风尘荏苒音书绝,关塞萧条行路难。

《宿府》

"荏苒""萧条",双声对迭韵。

4. 无路从容陪语笑,有时颠倒著衣裳。

《至日遣兴奉寄北省旧阁老两院故人二首》

"从容""颠倒",迭韵对双声。

这类双声迭韵成对运用的例子在杜诗中不胜枚举。他如"乱波分披已打岸,弱云狼籍不禁风"(《江雨有怀郑典设》),"迢递来三蜀,蹉跎有六年"(《春日江村五首》),"仳离放红蕊,相像颦青娥"(《一百五夜对月》),"苍惶已就长途往,邂逅无端出钱迟"

（《送郑十八虔贬台州司户伤其临老陷贼之故，阙为面别，情见于诗》），"支离东北风尘际，漂泊西南天地间"（《秋兴八首》），"细草留连侵坐软，残花怅望近人开"（《又送》），等等。无怪乎洪亮吉说："唐诗人以杜子美为宗，其五七言近体，无一非双声迭韵也。"（《北江诗话》）此话虽有些夸张，但却也明确地指出了杜甫律诗中多用双声迭韵构成对仗的实际情况。"迭韵如两玉相扣，取其铿锵；双声如贯珠相连，取其婉转。"（李重华《贞一斋诗话》）这些镶嵌在对仗句中的双声迭词增强了诗句的乐感。一经吟诵，犹如珠走玉盘，历落婉转，悦耳动听，自有其独特的审美趣味。

（二）语词方面

字对词不对

上古汉语以单音词为主，随着社会生活的发展，词汇逐渐复音化，双音节的词和词组不断形成。所谓字对词不对，即对仗句从字面上看十分工整，但实际上却有所变异，或以词与词组相对，或以不同的结构词组相对。

A 以词与词组相对

a）单纯词对词组

1.娟娟戏蝶过闲幔，片片轻鸥下急湍。

《小寒食舟中作》

2.可怜处处巢居室，何异飘飘托此身。

《燕子来舟中作》

例1中的"娟娟"，例2中的"飘飘"皆为迭音单纯词，而与之相对的"片片""处处"则为两个相同的单音词构成的词组。

3. 浪传乌鹊喜,深负鹡鸰诗。

《得舍弟消息》

"乌鹊"为联合词组,与之相对的"鹡鸰"则是一个单纯词。

b)合成词对词组

1. 采花香泛泛,坐客醉纷纷。

《九日五首》

2. 春城回北斗,郢树发南枝。

《元日寄韦氏妹》

例1的"采花"是述宾词组,例2的"南枝"是偏正词组,而与它们相对的"坐客""北斗"等都是合成词。

B 以不同结构的词组相对

1. 蛟龙得云雨,雕鹗在秋天。

《奉赠严八阁老》

"云雨",联合词组;"秋天",即"秋日的天空",偏正词组。

2. 荻岸如秋水,松门似画图。

《反照》

"秋水",偏正词组;"画图",联合词组。

词对义不对

汉语言简意赅,一词多义是很普遍的现象。杜甫律诗对句是往往有意借助词的多义,构成词对义不对,言此而意彼的"假对"。如:

1. 竹叶于人既无分,菊花从此不须开。

《九日五首》

"竹叶"对"菊花",植物名对植物名,看似十分工整,但这里的"竹叶"并非植物,而是指"竹叶青"酒。诗人借助语词的歧义形成对仗,十分巧妙而又别致。魏庆之赞赏这一联"直以菊花对竹叶,便萧散不为绳墨所窘。"(《诗人玉屑》)

2.饮子频通汗,怀君想报珠。

《寄韦有夏郎中》

从字面上看,"饮子"对"怀君",似可看作"述宾"对"述宾",但"饮子"的"子"在这里并非实词,它不是"饮"的宾语,而是"饮"的后缀,"饮子"即汤药。仇兆鳌《杜诗详注》:"古人称汤药为饮子……此诗指柴胡饮子也。"杜甫在此有意借用"子"的另一实词义与"君"构成巧对。

3.本无丹灶术,那免白头翁。

《陪章留后侍御宴南楼》

从字面上看,"丹"与"白",是色彩词相对,但这里的"丹"实际上是指"炼丹"的"丹",词似对而义非对。

"假对之工,本于杜句。"[7]这类巧妙别致的假对在杜甫律诗中十分常见。如"酒债寻常行处有,人生七十古来稀"(《曲江二首》),"漫作潜夫论,虚传幼妇碑"(《偶题》),"浮云不负青春色,细雨何孤白帝城"(《崔评事弟许相迎不到应虑老夫见泥雨怯出必愆佳期走笔戏简》),"非寻戴安道,似向习家池"(《从驿次草堂》),等等,都是言此意彼,"义别字对"。这样的语式变异能激活读者的"迁想妙得",拓展诗句的审美蕴含,显示出诗人驾驭语言的高超技巧。

(三)句法方面

词对而句法不对

杜甫律诗中有些对仗从表层看语词对得十分工整:名词对名词、动词对动词、形容词对形容词、虚词对虚词……但如果作进一步的分析考察,便可以发现其深层的句法结构并不相对。如:

1. 楼雪 融 城 湿,宫云 去 殿 低。
　　名 动 名 形　名 动 名 形

《晚出左掖》

句法结构:楼雪 融城　　湿, 宫云 去殿 低。

上句为"主述宾补",下句为"主状补"。

2. 烽火 连 三月,家书 抵 万金。
　　名 动 数量　名 动 数量

《春望》

句法结构:烽火 连　三月, 家书 抵 万金。

上句为"主述补",下句则为"主述宾"。

3. 休怪 儿童 延 俗客,不教 鹅鸭 恼 比邻。
　　副动 名 动 名　副动 名 动 名

《将赴成都草堂途中有作先寄严郑公五首》

句法结构: 休 怪 儿童延俗客, 不 教 鹅鸭 恼 比邻。

上句为"述宾结构",下句则为"兼语结构"。

4. 书签 药裹 封 蛛网,野店 山桥 送 马蹄。
　　名 名 动 名　名 名 动 名

《将赴成都草堂途中有作先寄严郑公五首》

句法结构:上句"封蛛网"意为"被蛛网所封",被动式;下句"送马蹄",主动式。

句对而关系不对

杜诗对仗上下句有时都是由紧缩复句构成的。其表层的句式相对,但深层的逻辑关系并不相对。如:

1.国破山河在,城春草木深。

《春望》

这一联的上下句都是"主谓 + 主谓",但深层的逻辑关系则不同:"国破/(但)山河在",转折关系;"城春/(故)草木深",因果关系。

有时一联的上下句为同一类型的紧缩复句,但其深层的逻辑关系不同。如:

2.水净楼阴直,山昏塞日斜。

《遣怀》

3.风起春灯乱,江鸣夜雨悬。

《船下夔州郭宿雨湿不得不上岸别王十二判官》

以上两例中的上下句都是紧缩的因果复句;但"水净/楼阴直""风起/春灯乱",是由因而推果;"山昏/塞日斜""江鸣/夜雨悬",则是由果而溯因。

这种对仗貌合而神离,形对而实异既具严整均齐之形,又有灵动变化之神。明代诗评家胡震亨在评赏"国破山河在,城春草木深"一联时赞道:"对联示尝不精,而纵横变幻,尽越成规,浓淡浅深,动夺天巧。"[8]这"动夺天巧"的艺术魅力与诗句"纵横变幻"的语式变异显然是分不开的。

(四) 节律方面

节奏异常

诗人写诗的过程,就是把语词按一定的排列组合成意群来表情达意的过程。在律诗中,这种意群的安排与语言节奏一般是大致吻合的。"中国五七言诗的节奏,一般是二三型和四三型……当五七言诗在唐代成熟时,这种节奏便终于成为五七言诗最基本的句法程式"[9]。如"欲穷/千里目"(王之涣《登鹳雀楼》),"秦时明月/汉时关"(王昌龄《从军行》),等等。这种有规律的意群安排能使"句法意义与语言节奏统一"。[10]但如果千篇一律,则又必然会失之呆板。"语言有两个要素,音乐的和逻辑的"。[11]杜甫在对仗中常有意识地打破常规节奏和意群安排,使音乐的要素(节奏)与逻辑的要素(意群)之间产生变异,从而增强诗歌语言的弹性与张力。如:

1/4:

名/岂文章著,官/应老病休。

《旅夜书怀》

青/惜峰峦过,黄/知橘柚来。

《放船》

3/2:

寒日外/澹泊,长风中/怒号。

入河蟾/不没,捣药兔/长生。

《月》

4/1:

登俎黄甘/重,支床锦石/圆。

《季秋江村》

紫崖奔处/黑,白鸟去边/明。

《雨》

1/6:

鱼/知丙穴由来美,酒/忆郫筒不用沽。

《将赴成都草堂途中有作先寄严郑公五首》

盘/剥白鸦谷口栗,饭/煮青泥坊底芹。

《崔氏东山草堂》

2/5:

春水/船如天上坐,老年/花似雾中看。

《小寒食舟中作》

但见/文翁能化俗,焉知/李广未封侯。

《将赴荆南寄别李剑州》

5/2:

永夜角声悲/自语,中天月色好/谁看?

《宿府》

五更鼓角声/悲壮,三峡星河影/动摇。

《阁夜》

这种类似切分音的节奏变异能使诗句产生一种奇正开阖，顿宕不致的表达效果。

字对节异

对仗的上下句从字面上看对得十分工整，但其语义节奏并不相对。如：

1. 山鬼/吹灯灭，厨人/语/夜阑。

《移居公安山馆》

2. 扁舟/系缆沙边/久，南国浮云/水上多。

《将赴荆南寄别李剑州》

3. 却看/妻子愁何在，漫卷诗书/喜欲狂。

《闻官军收河南河北》

胡小石先生曾指出："我国诗式，以五七言为限，字数难以增减。后之作者乃以此等技巧翻新出奇"。[12]杜甫在律诗创作中往往"于规矩绳墨中错以古调，如生龙活虎，不可把捉"。（王嗣奭《管天笔记外编》）节奏变异正是他"尽越陈规""翻新出奇"，以求增强律诗语式审美活力的一种可贵的探索。

（五）格式方面

在对仗的格式方面，杜甫也不墨守成规，而是力求"命意创格，与诸家不同"。在继承常规对仗格式的基础上，他又进行了开拓与创新。

当句对

当句对，又叫作"句中对"。钱钟书先生在《谈艺录》中提出，

"此体创于少陵"。在杜甫律诗中这种当句对十分常见。如：

1. 风急天高猿啸哀,渚清沙白鸟飞回。

《登高》

2. 小院回廊春寂寂,浴凫飞鹭晚悠悠。

《涪城县香积寺官阁》

3. 桃花细逐杨花落,黄鸟时兼白鸟飞。

《曲江对酒》

4. 舍舟策马论兵地,拖玉腰金报主身。

《季夏送乡弟韶陪黄门从叔朝谒》

5. 舟人渔子歌回首,估客胡商泪满襟。

《滟滪》

有时一首诗中两联对仗都为当句对。

6. 高江急峡雷霆斗,翠木苍藤日月昏。

   戎马不如归马逸,千家今有百家存。

《白帝》

这种"本句自对,而又两句相对"(遍照全刚《文镜秘府论》)的对仗格式往往能增加诗句的密度与容量。如"风急天高"一联,意象纷呈,语义绵密,几乎一字一景,读后令人产生一种仿佛置身其中,景物目不暇接的审美感受。

隔句对

隔句对,亦称之为"扇格对"。从形式上看,即"第一句与第三句对,第二句与第四句对"。如：

1. 得罪台州去,时危弃硕儒。移官蓬阁后,谷贵没潜夫。

《哭台州郑司户少监》

2. 飘摇西极马,来自渥洼地。飒飒寒山桂,低徊风雨枝。

《赠崔十三评事公辅》

3. 喜近天皇寺,先披古画图。应经帝子渚,同泣舜苍梧。

《大历三年春白帝城放船出瞿唐峡久居夔府
将适江陵漂泊有诗凡四十韵》

以上例句从表层形式上看,都是一、三句相对,二、四句相对。如例1中"得罪台州去"与"称官蓬阁后"为对;"时危弃硕儒"与"谷贵没潜夫"为对。但如果从深层诗义上分析,则应看作两联之间构成对仗。即"得罪台州去,时危弃硕儒"与"移官蓬阁后,谷贵没潜夫"构成对仗;"飘摇西极马,来自渥洼地"与"飒飒寒山桂,低徊风雨枝"构成对仗。这种对仗在形式的均齐中追求语义的变化,化板滞为流动,有效地增强了诗句顿宕活泼的美感。

续句对

续句对,即对仗的两联中,字面上每一联的两句皆各自成对,但语义表达上却另辟蹊径,或一、三句语义相续,二、四句语义相续。如:

1. 待尔嗔乌鹊,抛书示脊令。枝间喜不去,原上急曾经。

《喜观即到复题短篇二首》

从对仗形式上看,一、二句和三、四句各自成对;但从语义表达上看,则应是一、三句语义相续,二、四句语义相续,从而构成对仗,即"待尔嗔乌鹊,枝间喜不去"与"抛书示脊令,原上急曾经"成对。

2. 神女峰娟妙,昭君宅有无。曲留明怨惜,梦尽失欢娱。

《大历三年春白帝城放船出瞿唐峡久居夔府
将适江陵漂泊有诗凡四十韵》

从对仗形式上看,一、二句和三、四句各自成对;但从语义表达上看,却是一、四句语义相续,二、三句语义相续,从而构成对仗,即"神女峰娟妙,梦尽失欢娱"与"昭君宅有无,曲留明怨惜"成对。

隔句对、续句对的运用是杜甫律诗创作"萧散布不为绳墨所窘"(胡仔《苕溪渔隐丛话》)的大胆尝试。这两种对仗的变式有个共同点,即有意识地在对仗的语言形式与语义表达之间造成一种"不谐和"的错位,以形成诗句中一种充满弹性与张力的语义场,同时给律诗那平稳凝重的旋律带来轻快流畅的审美变化。

朱自清先生曾经说过:"诗之变自杜始"(《诗言志辩》)。这里所说的"变",不仅是指诗歌内容、风格等方面的变化,其中更包括诗人在诗歌语式方面所作的开拓与变异。"意常则造语贵新,语常则倒换须奇"。[13]杜甫在他毕生的诗歌创作实践中既踵武前贤,"转益多师",又"尽越陈规",戛戛独造。一方面,诗人要求自己"遣词必中律"[14],另一方面,他又"中律而不为律所缚",表现出极为可贵的艺术创新精神。徐增《而庵诗话》云:"作诗有对,须要互旋,方不死于句下也"。王力先生在论诗歌对仗中也强调:"关于对偶,我们不要单看见古人求同的方面(字数相等是同,词性相等也是同),同时还要看见古人求异的方面。后者比前者更加重要。"[15]杜甫律诗对仗中的语式变异正充分体现了诗人"造语贵新"且同中求异的审美追求。这大大增强了诗歌语言的弹性,丰富了诗歌的语言形式,拓展了诗歌的审美空间,为后代的诗歌创作留下了不朽的艺术典范。

【注释】

(1)张谦宜.絸斋诗谈//孙琴安.唐诗七律精评.上海:上海社会科学出版社,1989:62.

(2)管世铭.读雪山房唐诗钞//孙琴安.唐诗七律精评.上海:上海社会科学出版社,1989:62.

(3)严羽.沧浪诗话.北京:中华书局,1985:370.

(4)金兆梓.实用国文修辞学.北京:中华书局,1932:174.

(5)葛立方.韵语阳秋.上海:上海古籍出版社,1984:208.

(6)吴可.藏海诗话.北京:中华书局,1991:274.

(7)仇兆鳌.杜诗详注.北京:中华书局,1979:472.

(8)胡震亨.唐音癸签.上海:上海古籍出版社,1981:87.

(9)刘明华.杜诗修辞艺术.郑州:中州古籍出版社,1991:126.

(10)刘明华.杜诗修辞艺术.郑州:中州古籍出版社,1991:126.

(11)施莱尔·马赫.诠释学与批判.北京:商务印书馆,2009:147.

(12)胡小石.杜甫《北征》小笺//郭维森.学苑奇峰:文史学家胡小石.南京:南京大学出版社,2000:230.

(13)王骥德.曲律.长沙:湖南人民出版社,1983:217.

(14)刘熙载.艺概.上海:上海古籍出版社,1983:108.

(15)王力.王力论学新著.南宁:广西人民出版社,1988:33.

第三节　绝句"别开异径"

杜甫一生共创作了一千四百多首诗歌,其中绝句只有一百三十九首,数量比律诗要少得多,而且得到的评价也褒贬不一,不像律诗那样获得众口一词的赞誉。王世贞认为"五七言绝句,李青莲、王龙标最称擅场,为有唐绝唱,少陵虽工力悉敌,风韵殊不逮也。"管世铭则说得更为直白:"少陵绝句,《送李龟年》一首外,皆不得工,正不必为之说。"但是,也有些论者为之辩解:如郝敬《杜诗题辞》云"子美材大,如镛钟贲鼓,不作铮铮细响,故绝句少";黄生《杜诗说》云"(杜甫绝句)非不能为正声,直不屑耳";李重华《贞一斋诗说》甚至称赞其绝句"独其情怀,最得诗人雅趣"。如此众说纷纭,莫衷一是。其实,只要对杜甫各体诗歌作一番细心的比较便可以看出,虽然绝句在杜甫的诗歌创作总体上所占比例不大,艺术成就也不如律诗那样显著,但却有其自身鲜明的艺术特征,这就是力求在语言形式上创新求变,别开生面。清代诗论家李重华曾指出:"杜老七绝,欲与诸家分道扬镳,故尔别开异径"。这种"别开异径"的艺术追求在很大程度上体现于语言形式方面。具体说来,有以下几个特点:(一)以俗字入诗;(二)以虚词入诗;(三)以散语入诗;(四)以对句入诗;(五)以拗体入诗;(六)以连章入诗。因五绝数量太少,下面就以七绝为例试分述之。

（一）以俗字入诗

杜诗不避俗字,这一点已被前代论者所注意。宋人龚颐正曾在他的《芥隐笔记》中辑录杜诗中所用的俗字,有"相欺""也自""差底""斩新"等七例[1],其实杜甫仅七绝中所用的俗字就远不止这几例,今人侯孝琼先生在论述杜甫律诗炼字时也明确指出:"律诗用俗字较绝句少"[2]。下面再试举数例:

1. 久判野鹤如霜鬓,遮莫邻鸡下五更。

《书堂饮既夜复邀李尚书下马月下赋绝句》

罗大经《鹤林玉露》:"遮莫,犹云尽教也,字亦作'折莫''折末''者莫'等。""遮莫邻鸡下五更"意即"尽教痛饮到五更鸡也无妨"。

2. 不是看花即索死,只恐花尽老相催。

《江畔独步寻花》

《方言》:"索,应、须也。""即索死"意即"就应该死去"。

3. 陶冶性灵存底物,新诗改罢自长吟。

《解闷十二首》

《匡谬正俗》:"俗谓何物为底"。"底物"亦即"何物"。

4. 最传秀句寰区满,未绝风流相国能。

《解闷十二首》

沈祖棻《唐人绝诗浅释》:"能,唐人口语,即那样"。"能"的这个意思在近代吴歌中还常见到。

5. 君家白碗胜霜雪,急送茅斋也可怜。

《又于韦处乞大邑瓷碗》

张相《诗词曲语辞汇释》:"可怜,犹云可喜,可爱,可羡也"。这里是"可爱"之意。

6.江上被花恼不彻,远处告诉只颠狂。

《江畔独步寻花》

张相《诗词曲语辞汇释》:"恼,犹撩也"。"恼不彻"意即"撩拨个不停"。

7.繁枝容易纷纷落,嫩蕊商量细细开。

《江畔独步寻花》

张相《诗词曲语辞汇释》:"容易,犹云轻易,草草"。"商量",亦作"商略","有估计义,有准备或做造义"。

这种以当时口语俗字入诗的句子在杜甫七绝中还可以找出许多,如"一夜水高二尺强,数日不见更禁当","会须上番看成竹,客至从嗔不出迎","人生几何春已夏,不放香醪如蜜甜","二月已破三月来,渐老逢春能几回","即遣花开深造次,便教莺语太叮咛",等等,很显然这是诗人有意为之。这种未经雕琢的俗字口语,充满浓郁而又鲜活的生活气息,能够"把诗从矫揉造作,华而不实的风气中摆脱出来,赋予诗以新的生机"[3]。同时,这些原汁原味的口语俗字能够极为贴切地表达出一种细腻微妙的审美体验。如"无赖春色到江亭"中的"无赖","江上被花恼不彻"中的"恼","不是看花即索死"中的"索"等。这些口语俗字不仅读来亲切有味,而且能很自然地移情于物,使物我相融,从而表达出诗人内心深处那种爱嗔交加,无以名状的情感活动,有很强的感染力。"怜渠直道当时语,不著心源傍古人。"(元稹《酬孝甫见赠》)杜甫七绝中这种"直道当时语"的审美追求正充分表现出诗人不傍古人,独辟蹊径的创新精神。

(二)以虚词入诗

近体诗篇幅短小,要求辞约义丰,言浅意深,在极为有限的语言空间蕴含尽可能丰富深广的情感内容,绝句更是如此。一般情况下,绝句中大多运用具象性的实词,如名词、动词、形容词,以便于叙事状物,表情达意,而很少用虚词。但如果虚词运用巧妙得当,也能在诗中产生一种实词难以替代的审美效应。"诗用实字易,用虚字难,盛唐人善用虚字,开合呼应,悠扬委曲,皆在于此"。[4] 杜甫正是这种在绝句中善用虚词,因难出巧的高手。例如:

1. 眠沙泛浦白于云。(介词)

《得房公池鹅》

2. 吾与汝曹俱眼明。(介词)

《春水生二绝》

3. 万斛之舟行若风。(助词)

《夔州歌十绝句》

4. 恰似春风相欺得。(助词)

《绝句漫兴九首》

5. 或看翡翠兰苕上。(代词)

《戏为六绝句》

6. 江水开辟流其间。(代词)

《夔州歌十绝句》

7. 侧生野岸及江蒲。（连词）

《解闷十二首》

8. 阆风玄圃与蓬壶。（连词）

《夔州歌十绝句》

9. 门前小滩浑欲平。（副词）

《春水生二绝》

10. 气味浓香幸见分。（副词）

《谢严中丞送青城山道士乳酒一瓶》

11. 幕下郎官安稳无。（语气词）

《投简梓州幕府兼简韦十郎官》

这些虚词十分灵活地斡旋于诗句之中，与实词水乳交融而又相互映衬，使诗句显得更为流畅健练，灵动活泼。而且，虚词本身还有其独特的表达功能。如例9中对春水上涨几与岸平的惊叹；例10中对友人馈赠美酒的感激；例11中对远方友人深切关怀，其中"悠扬委曲"的神情语态都是通过诗句中"浑""幸""无"等虚词才得以细腻表达出来，这种功能是实词所无法胜任的。

（三）以散语入诗

北宋诗人黄庭坚曾指出"杜以诗为文"的特点，后南宋刘辰翁也说过："杜虽诗翁，散句可见"（《赵仲仁诗序》），但他们所指的大多是《丹青引赠曹将军霸》《北征》《自京赴奉先咏怀五百字》等古体诗。而在格律严整的七绝中，这一特点也同样引人注目。杜甫的七绝大多写于入蜀之后,属晚期作品。这段时期是他诗歌创作的成熟期。一方面,他"晚节渐于诗律细",创作了不少属对工稳,造语典雅的律诗名篇,如《登高》《秋兴八首》《咏怀古迹五首》等,但另一方面,又正如王世贞所说的"子美晚年诗,信口冲出,啼笑雅俗,皆中音律"。这种"信口冲出,啼笑雅俗"[5]的风格主要体现于七绝中散语文句的灵活运用。如:

1. 自今已后知人意,一日须来一百回。

《三绝句》

2. 大邑烧瓷轻且坚,扣如哀玉锦城传。

《又于韦处乞大邑瓷碗》

3. 纵使卢王操翰墨,劣于汉魏近风骚。

《戏为六绝句》

4. 南市津头有船卖,无钱即买系篱旁。

《春水生二绝》

5. 忆昔咸阳都市合,山水之图张卖时。

《夔州歌十绝句》

上引这些七言句都是符合声律的近体诗句,但细细品味其句法结构与语气,却又似乎与散文句法并无二致。这种融散语于律句中,寓活法于规矩内的尝试,正充分体现了杜甫的高人之处。在绝句中恰到好处地运用散语文句,的确能化板滞为灵动,使诗句语调更为流畅,充满活泼的生趣。正如刘明华先生所说的那样:"散语与文句入诗,不但没有否定诗歌的特征,反而丰富了诗歌的表现手法,扩大了诗歌的意境,使森严的格律诗富于变化,充满了

生机。"(6)

(四)以对句入诗

杜甫绝句中有个很有趣的现象值得注意:诗人在灵活运用散语入诗的同时,又运用了大量的对句入诗。据笔者统计,在杜甫一百零七首七绝中,运用对句的就有五十一首,几乎占了总数的一半。其中通篇四句全用对句的有十四首。如:

1.谢安舟楫风还起,梁苑池台雪欲飞。

　香香东山携汉妓,泠泠修竹待王归。

《戏作寄上汉中王二首》

2.两个黄鹂鸣翠柳,一行白鹭上青天。

　窗含西岭千秋雪,门泊东吴万里船。

《绝句》

四句中前两句用对句的有七首。如:

1.巢燕养雏浑去尽,江花结子已无多。

　黄衫年少来宜数,不见堂前东逝波。

《少年行》

2.岐王宅里寻常见,崔九堂前几度闻。

　正是江南好风景,落花时节又逢君。

《江南逢李龟年》

四句中后两句用对句的有三十首。如:

1.肠断江春欲尽头,杖藜徐步立芳洲。

　颠狂柳絮随风去,轻薄桃花逐水流。

《绝句漫兴九首》

2. 东屯稻畦一百顷，北有洞水通青苗。

　晴浴狎鸥分处处，雨随神女下朝朝。

《夔州歌十绝句》

由于篇幅容量与章法结构等方面的因素，绝句一般不要求用对偶句。而从唐代以来在绝句如此频繁运用对偶句的诗人也只有杜甫一人。究其原因，可能有以下两方面。一方面是如沈祖棻先生所分析的那样："初唐诗风，沿袭齐梁……当时的律诗与律化的绝句这些形式都还在完成过程中，没有达到成熟的阶段，因而在用字遣词与谐和声律方面并不是很谨严工整。诗人们所写绝句，也以通首散行的为多。到了杜甫，才有意与诸家立异，别开生面，继承初唐，以其所长，加以发展，为后人留下了许多篇以对偶见长的绝句。"[7]另一方面是为了与诗中散文句形成对比映衬，让两种句法在诗中互为交织，一骈一散，一雅一俗，相映成趣。杜甫七绝中，散句与对句往往十分和谐地结合在一起。如：

1. 中巴之东巴东山，江水开辟流其间。

　白帝高为三峡镇，夔州险过百牢关。

《夔州歌十绝句》

2. 黄四娘家花满蹊，千朵万朵压枝低。

　留连戏蝶时时舞，自在娇莺恰恰啼。

《江畔独步寻花》

例1的前两句中有"之""其"等虚词斡旋其间，是散文句法；例2的前两句更是典型的"寻常话""口头语"。而这两例的后两句则又都是对偶句法。前者如一水之飞流,后者如两峰之并峙。两种句式交织在一首诗中,相互对比映衬,融严整与活泼于一体,冶浅俗语与典雅于一炉,形成一种极为独特的诗语景观。这既是艺术辩证法的生动体现,更是诗人心灵妙运的生动体现。

(五)以拗体入诗

在古典诗歌从古体走向近体,从自由创造走向规范定型的过程中,杜甫起了极大的推动作用。"杜甫在近体诗的创作中,无论音律或对偶,都表现出超越前人运用自如的娴熟技巧,充分显示了这一体裁所具有的独特的美学价值。"[8]杜甫晚年一方面通过他的创作实践表现出驾驭近体诗声律的卓越才能,另一方面有时在绝句的创作中却又有意识地对近体诗声律进行了某种程度的偏离,从而创作出"出格"的拗体诗。这种拗体的运用既是诗人表达某种特定情感的需要,也可看作对一种新的声律形式的尝试。这种拗体诗共有十余首,在七绝中占有一定的比例。下面以《三绝句》为例试加分析。

1.前年渝州杀刺史,今年开州杀刺史。

　群盗相随剧虎狼,食人更肯留妻子。

2.二十一家同入蜀,唯残一人出骆谷。

　自说二女啮臂时,回头却望秦云哭。

3.殿前兵马虽骁雄,纵暴略与羌浑同。

　闻道杀人汉水上,妇女尽在官军中。

这是一组诗。其中第一首的一、二句平仄几乎全同,这是"失对"，两联之间又"失粘"；第二首的一、三两句各有 6 个仄声字，仅一个平声字，两联之间也"失粘"；第三首中有三句是"三平调"收尾，这是典型的古风句式特点。诗人之所以要运用拗体，是与他当时的心情密切相关的。拗体的音律读起来有几分生涩、别扭，不像常规音律那样匀称和谐。《三绝句》所写的是蜀中盗贼猖獗，兵荒马乱，百姓深罹战乱之苦。仇兆鳌对此作过分析："首章，伤二州之被寇也；次章，纪难民之罹祸也；末章，叹禁军之横暴也。"[9]诗人内心那种抑郁愤懑之情无法通过和谐优美的音律来表达，于是很自然地选择了拗体这一形式，让不谐和的外在音律与不平静的内心情感形成一种共振。明代诗论家王嗣奭曾指出诗人这一特点："胸中抑郁不平之气，而以拗体发之。公之拗体诗，大都如是。"[10]在杜甫律诗中也出现过拗体，如《白帝城最高楼》等，但不如七绝中用得这么多。从诗歌语言形式上来看，这实际上是对近体诗既有音律形式的突破，对新的音律形式的探索，从中也可体会出诗人在七绝创作中有意"与诸家分道扬镳，别开异径"的审美追求与艺术匠心。

（六）以连章入诗

杜甫七绝还有个显著的特点，即一题多篇，构成连章体组诗的形式。这种连章体以前也有一些论者探讨过，如侯孝琼先生的《论杜甫的连章律诗》（刊《杜甫研究学刊》1996 年第 2 期），但大多是着眼于七律，诸如《诸将五首》《咏怀古迹五首》《秋兴八首》等，对七绝则关注较少。其实，与七律相比，七绝中的连章运用更为常见

（参见下表）：

七律			七绝		
总篇数	连章体篇数	占百分比	总篇数	连章体篇数	占百分比
150	29	19%	107	85	79%

　　这种连章体七绝不仅数量多，而且内容也相当广泛：或感时议政，如《承闻河北诸道节度入朝欢喜口号绝句十二首》；或悼亡怀旧，如《存殁口号二首》；或抒写寻春情怀，如《江畔独步寻花》；或叙述日常琐事，如《绝句漫兴九首》；等等。凡是能用其他诗体表现的内容，诗人在七绝中运用连章形式也同样能表现，这样就有效地拓展绝句的空间。而且，这些连章体绝句的艺术风格虽不以韵致悠远、一唱三叹见长，但情感真挚深婉，笔触清新健练，结构灵活多变，语言亲切朴实，别有一番令人咀嚼不尽的情味。

　　"少陵故多变态，其诗有深句，有雄句，有老句，有秀句，有险句，有拙句，有累句。"（11）这里所说的"变态"，指的是诗人对诗歌语言形式与风格等方面不断地开拓与创新。"为人性僻耽佳句，语不惊人死不休"，这种开拓创新已成为诗人毕生孜孜不倦的追求与实践，这也正是杜甫成为令后世诗人衷心景仰的"诗圣"的根本原因，这种极为可贵的创新精神在他的绝句创作中得到了生动而又鲜明的体现。

【注释】

（1）侯孝琼.少陵律法通论.郑州：中州古籍出版社，1996：241.

（2）侯孝琼.少陵律法通论.郑州：中州古籍出版社，1996：176.

(3)艾青.诗论.桂林:广西师范大学出版社,2003:2.

(4)李东阳.麓堂诗话.北京:中华书局,1985:307.

(5)王世贞.艺苑卮言.北京:人民文学出版社,2010:283.

(6)刘明华.杜诗修辞艺术.郑州:中州古籍出版社,1991:148.

(7)沈祖棻.唐人七绝诗浅释.上海:上海古籍出版社,1983:112.

(8)江裕斌.试论杜甫对诗歌意象结构与音律的开拓与创新.文艺理论研究,1992(2):63-68.

(9)仇兆鳌.杜诗详注.北京:中华书局,1979:476.

(10)王嗣奭.杜臆.北京:中华书局,1963:179.

(11)王世懋.艺圃撷余.北京:中华书局,1981:206.

第四节　律诗语式变异

在中国诗歌发展史上,似乎还没有哪位诗人和他的诗作能像杜甫及其诗那样享有"诗圣"和"诗史"的崇高荣誉。千百年来,杜甫经他渗透在作品中高尚的道德人格力量感染着后世的诗人和读者,也以他强烈的现实主义精神和杰出的诗歌艺术滋养着后世的诗歌创作,与此同时,他在诗歌语式方面所作的开拓与创新也深深影响着后世诗歌语言的形成和发展。朱自清先生曾指出"诗之变自杜始"。这里所说的"变",不仅仅是指内容、风格等方面的变化,也包含诗歌语言形式的变化。这种变化体现在两个方面:一是诗歌体式之变。杜甫广采博取,既能"尽得古今之体势,而兼人人之所独专"(元稹《唐检校工部员外郎杜君墓志铭并序》);又在中国诗歌由古体走向近体,由自由创造走向规范定型的过程中起着极为重要的作用。近体诗的形式规范之美集中体现于律诗,而律诗正是杜甫运用得最多最娴熟、艺术成就最高的诗歌体式。"奇正开阖,各极其则"[1],以至后代诗人发出"子美神矣,七言律圣矣"[2]的由衷赞叹。二是诗歌语式之变。杜甫转益多师而又戛戛独造。他善于在格律中求变化,于规范中图创新。他的近体诗,尤其是律诗在语言形式上有时突破了某些常规的语式的规范,"中律而不为律缚"[3],在广泛汲取总结前人经验成果的基础上对近体诗语言形式作出了可贵的探索。"晚节渐于诗律细","觅句知新律",正是诗人艰苦探索的真实写照。他以宝贵的创作实践为"诗家语"的形成和发展提供了成功的经验,留下了许多"稳顺而奇特"的"清词丽句",成为后世诗人师法的典范。下面对杜甫律诗中几种语式变异及其审美效应作初步的分析。

杜甫律诗对常规语言形式的突破与变异主要表现于以下几个方面:(一)语序倒装;(二)语辞隐略;(三)句式紧缩;(四)词类转品;(五)节奏异常。

(一)语序倒装

近体诗语言由于受声律的限制,字句平仄押韵都有较严格的要求,但相对来说,它受语法规则的束缚则比较轻。"声律愈严,则文律不得不愈宽"[(4)],这主要表现于语序安排的灵活性上。近体诗中存在着"比散文更多更如意"[(5)]的倒装语式,这种变异语式在杜甫的律诗中得到了创造性的运用。如:

1.自去自来梁上燕,相亲相近水中鸥。

《江村》

——梁上燕自去自来,水中鸥相亲相近。

2.抱叶寒蝉静,归山独鸟迟。

《秦州杂诗二十首》

——寒蝉抱叶静,独鸟归山迟。

经上两例均为主谓倒装句。如还原为常规语式,诗的意思虽然更为明白晓畅,但却因此显得平淡乏味,缺乏诗歌语言尤其是近体诗语言那种特有的弹性和韵律。一经倒装之后则语势劲健,抑扬有致,显得"更像诗句一些"(6)。

3. 鱼知丙穴由来美,酒忆郫筒不用沽。

《将赴成都草堂途中有作先寄严郑公五首》

——知丙穴鱼由来美,忆郫筒酒不用沽。

4. 滑忆雕胡饭,香闻锦带羹。

《江阁卧病走笔寄呈崔卢两侍御》

——忆雕胡饭(之)滑,闻锦带羹(之)香。

上两例为述宾倒装。这样的语序变异能把诗中所要重点表达的对象,如"鱼""酒""滑""香"等置于句中突出的位置,予以强调,深化读者的印象。

倒装语式在杜甫律诗中十分常见。如"春酒杯浓琥珀薄,冰浆碗碧玛瑙寒"(《郑驸马宅宴洞中》),即"春酒杯浓琥珀薄,冰浆碧玛瑙碗寒";"香稻啄余鹦鹉粒,碧梧栖老凤凰枝"(《秋兴八首》),即"鹦鹉啄余香稻粒,凤凰栖老碧梧枝",都是脍炙人口的佳句。后一联尤为历代诗评家所乐道。这倒装之后的诗句既鲜明表现了"香稻""碧梧"之美,又打破了常规的语式,带来诗歌语言的"陌生化",给读者以新鲜的审美刺激。正如王得臣所评说的,"(杜诗)多离析或倒句,则语峻而体健,意亦深稳"(7)。这正是由于语式变异而产生的审美效应。

杜甫律诗语序倒装的另一个明显的特征是常常置颜色词于句首。如"绿垂风折笋,红绽雨肥梅"(《陪郑广文游何将军山林十首》),"翠深开断壁,红远结飞楼"(《晓望白帝城盐山》),"红入桃花嫩,青归柳叶新"(《奉酬李都督表丈早春作》),"紫收岷岭芋,白种陆池莲"(《秋日夔府咏怀奉寄郑监李宾客一百韵》),"青惜峰峦过,黄知橘柚来"(《放船》),"碧知湖外草,红见海东云"(《晴雨首》),"红浸珊瑚短,青悬薜荔长"(《观李固清司马山水图三首》),等等。这样的语序变异能带来一种极为鲜明醒目的视觉效果,激发读者鉴赏时的审美愉悦。这一特点早已引起前人的注意。宋人范晞文《对床夜语》中就指出:"老杜多欲以颜色字置第一字,却引实字来……不如此,则语既弱而气亦馁。"可见这种语序变异不仅能细腻准确地传达出诗人观察景物时的独特心理感受,描绘出明丽绚烂的景物画面,而且能使句式显得新奇挺拔,富有弹性。"诗用倒字倒句法,乃觉劲健"[8]。杜甫在律诗中往往有意识地运用语序倒装这一变异手段来形成诗歌意象的错综倒置,从而获得"语或似无伦次,而意若贯珠"[9]的审美效应。这充分体现了诗人于规矩绳墨之中求变化创新的艺术匠心。

(二)语辞隐略

方东树在《昭昧詹言》中主张"文法之妙,一言以一之,曰:语不接而意接。"这里所说的文法主要是指诗歌的句法。在格律谨严的近体诗中,由于字数、句数的限制,诗人在创作时都力求以尽可能简洁的语言形式来表达丰富深永的感情内容。具体说来,就是在诗句中往往隐略某些句子成分或语词,使诗句表层语义产生间隔和跳跃,只保持深层语义和内在逻辑上的联系。峰峦断而岚雾连,"蹊径绝而风云通",这样就可以有效地拓展诗句的表达空间,以便"从心所欲不逾矩"(《论语·为政》)地模山范水,遣志抒怀。

这种隐略语式在杜甫诗中也同样运用得十分自如,并且有其独特的表达功能。如:

1.卷帘唯[见]白水,隐几亦[对]青山。

《闷》

2.兴来犹[携]杖履,目断更[望]云沙。

《祠南夕望》

3.故国犹[遭]兵马,他乡亦[听]鼓鼙。

《出郭》

4.映阶碧草自[凝]春色,隔叶黄鹂空[啭]好音。

《蜀相》

——以上为谓语动词隐略。

5.香雾[空蒙]云鬟湿,清辉[澄澈]玉臂寒。

《月夜》

6.丛菊两开他日泪[尚流],孤舟一系故园心[逾切]。

《秋兴八首》

——以上为分句谓语隐略。

由于格律限制,诗人在创作的时不可能像散文那样把要表达的内容通过字面完整、具体、连贯地表现出来,而只能充分借助汉语的意合特征精心选取一些比较重要的语言片段作为诗句的"意义支点",并略去其他一些语义成分,使诗句的语意象呈跳跃性。读者在阅读时就必须借助自己的想象与联想,根据诗句中的"意义支点",去细心捕捉诗句的外围语义成分,将隐略之处的空白补充完整,使诗意得以贯通,诗境得以完美。如上面所引的"故国犹兵马,他乡亦鼓鼙"一联中隐略了谓语动词,读者根据各自不同的体验与联想可为之补上"犹[存]兵马""亦[动]鼓鼙""犹[驻]兵马"或"亦[惊]鼓鼙"之类的词语,似乎都无不可。这样一来,由于读者参与了审美创造,诗的表达容量就大大增加了。正如汤贻汾论画所云:"人但知有画处是画,不知无画处皆是画,画之空处全局所关,即虚实相生法。"(《画筌析览》)诗法与画理是相通的。诗之无安处也同样是诗,也同样是"全局所关"之处。另外,杜甫律诗中隐略语式的运用还能使诗句变得更为凝练含蓄,韵致悠长。如上引"丛菊两开他日泪,孤舟一系故园心"一联中,"他日泪"与"故园心"的谓语都被隐略,这样引而不发,含不尽之致于言外,更显得委婉深沉,情韵悠远,充分体现了近体诗语言那种独特的美感。

(三)句式紧缩

律诗或为五字句,或为七字句。诗人如果要表达较为复杂的情感内容,便得对诗歌语料精心地剪裁整合,使之能纳入格律句的规范之中,这样便形成了紧缩这一变异语式。杜甫在他的律诗中巧妙地运用这一变异语式,写出许多为后人激赏的佳句。如:

1. 国破山河在,城春草木深。

《春望》

2. 不为困穷宁有此,只缘恐惧转须亲。

《又呈吴郎》

上两例的每个格律句都是由两个语法单句按一定的逻辑关系紧缩而成的。例1上句由转折复句紧缩而成:"国(虽)破/(但)山河在";下句由因果复句紧缩而成:"(因)城春/(故)草木深"。例2上句由假设复句紧缩而成:"(若)不为困穷/宁如此";下句由因果复句紧缩而成:"只缘恐惧/(故)转须亲"。紧缩之后语式简约凝练,诗意曲折深婉。明诗评家胡震亨称赞例1一联"对偶未尝不精,而纵横变幻,尽越成规"。这种"纵横变幻"的表达效果与"尽越陈规"的语式变异是分不开的,其中渗透着诗人自觉的创造精神和深厚的艺术功力。

3. 风急天高猿啸哀,渚清沙白鸟飞回。

《登高》

这一联上下句都是由三个单句紧缩而成。上句"风急/天高/猿啸哀",下句"渚清/沙白/鸟飞回"。诗句境界旷,意象纷呈,几乎一字一景。短短两句包含着极为丰富绵密的语义内容。无怪乎前人感叹说:"凡人作诗,一句话说得一件物事,多说得两件;杜诗一句能说得三件、四件、五件物事……此其所以为妙。"这种高密度、大容量的表达效果与诗人对紧缩语式的灵活运用无疑有着密切的联系。

(四)词类转品

汉语词类划分不像西方语言那样严格,具有较明显的不确定性。一个词在特定的语境中往往能改变它的品位(即词性),具有另一类词的意义和功能。这也充分显示出汉语重意合的人文性特征。在杜甫律诗中我们可以看到诗人很善于借助这一特点,对诗中某些语词作灵活的审美把握,从而强化了作品的审美效应。如:

1. 愁眼看霜露，寒城菊自花。

《遣怀》

——花，即开花。

2. 子能渠细石，吾亦沼清泉。

《自瀼西荆扉且移居东屯茅屋四首》

——渠细石，在细石间开渠；沼清泉，引清泉蓄成池沼。

3. 四更山吐月，残夜水明楼。

《月》

——水明楼，水光把楼映得明亮。

4. 骤雨清秋夜，金波耿玉绳。

《江边星月》

——清秋夜，使秋夜变得清凉；耿玉绳，使玉绳（星名）显得明亮。

例 1、2 中的"花""渠""沼"是名词转品为动词；例 3、4 中的"明""清""耿"是形容词转品为动词。在诗中，它们都突破了本身的概念指向和常规语法，体现出奇妙的审美功能：有的转品后能谐和声律，突显形象。如"寒城菊自花"，如按常规语法法则，似应将句中充当谓语的"花"改为"开""放""绽"之类的动词。但这样一来，要么不协韵，要么不合平仄，而且这些动词都不如"花"形象鲜明。有的转品后能使诗句更为整饬凝练。如"子能渠细石，吾亦沼清泉"一联，如果用常规语式来表达显然要费词得多。诗人巧妙地使"渠""沼"两个名词转品为动词，这样句式就变得简洁匀称，语义也显得凝练活泼，同时还能给人一种新奇脱俗的美感。有的转品之后能细腻入微地表达出诗人独特的心理感受。如"残夜水明楼"一句中的"明",转品为动词之后,与后面的"楼"组合成动宾结构,十分真切地表达出诗人在水边望月赏景时奇妙的心理感受。在诗人感觉中,仿佛是残夜的水波映亮了江边的楼台。这显然是在特定情境中产生的一种短暂的审美错觉。联系上句"四更山吐月"来看,那把楼台映亮的其实不是"水"而是"月",是天上的月华和水中月影上下交相辉映的结果,但诗中表达的这种心理错觉自有其独特的审美魅力。它使诗的意境变得朦胧恍惚,含有多种暗示性,从而拓展了诗的审美空间。这种神奇的效应正是诗人通过词类转品这一变异方式达到的。"转品,强化了诗人创造的意象和传达的体验。它不仅提高了意象的'体验品质',也使读者悟出体验的复杂性、丰富性。"[10] 杜甫律诗中转品的语词大多都成为句中的"诗眼",如"乱云低薄暮"(《对雪》),"江上小堂巢翡翠"(《曲江二首》),等等,大都精警灵动,准确传神,为诗句增添了不少神韵和华彩。

(五)节奏异常

诗人写诗,是把语词按一定的排列组合成意群来表情达意的。在格律诗中,这种意群的安排与节奏一般能大致吻合。五言诗的意群安排是:＊＊/＊＊/＊,如"白日/依山/尽","春风/花草/香";七言诗的意群安排是:＊＊/＊＊/＊＊/＊,如"秦时/明月/汉时/关","死去/原知/万事/空"。这种有规则的意群安排能使诗句节奏整齐匀称;但如果千篇一律则会失之呆板。杜甫在律诗中

有时有意识地打破这种常规节奏,使诗句的意群安排与常规节奏时分时合,于整饬之中求得变化。如:

1. 名岂文章著,官应老病休。

《旅夜书怀》

——意群安排为:名/岂文章/著,官/应老病/休。意即"名声岂因文章而显著;官位只为老病而丢失"。

2. 春水船如天上坐,老年花似雾中看。

《小寒食舟中作》

——意群安排为:春水/船如天上坐,老年/花似雾中看。意即"春水中,船如天上坐;老年时,花似雾中看"。

3. 永夜角声悲自语,中天月色好谁看?

《宿府》

——意群安排为:永夜角声悲/自语,中天月色好/谁看?

这种类似切分音的节奏变异能明显增强诗歌语言的弹性与张力。杜甫律诗中这种节奏变异正是巧妙利用近体诗节奏(音乐的要素)和意群(逻辑的要素)这两者之间的分合变化形成充满弹性张力的语义场,从而获得一种新颖奇特的审美效应。

"诗是一个独特的领域,为着要和日常语言有别,诗的表达就须比日常生活有较高的价值"[11]。近体诗是汉语声调美、音韵美、对仗美、节奏美的集中体现者。它独特的语言形式是经过一个漫长的过程才逐渐形成的,其中凝聚着一代又一代诗人审美经验的结晶。杰出的诗人往往能在限制中驾驭规矩、立异标新,表现出可贵的主观创造精神。苏珊·朗格说过:"当一个诗人创造一首诗的时候,他创造出的诗句并不单纯是为了告诉人们一件什么事情,而是想用某种特殊的方式去谈论这件事情。"(12)杜甫正是以他"萧散不为绳墨窘"(魏庆之《诗人玉屑》)的创新精神,努力探索并完善着律诗语言表达的"特殊的方式",提高诗歌的审美效应,为后世诗人和诗歌创作留下了不朽的典范。

【注释】

(1)王世贞.艺苑卮言.北京:人民文学出版社,2010:283.

(2)王世贞.艺苑卮言.北京:人民文学出版社,2010:284.

(3)刘熙载.艺概.上海:上海古籍出版社,1983:89.

(4)钱钟书.管锥编.北京:中华书局,1979:827.

(5)王力.汉语诗律学.上海:上海教育出版社,1988:256.

(6)王力.汉语诗律学.上海:上海教育出版社,1988:256.

(7)王得臣.麈史.北京:大象出版社,2003:146.

(8)李东阳.麓堂诗话.北京:商务印书馆,1936:207.

(9)范温.潜溪诗眼.北京:中华书局,1980:703.

(10)吕进.抒情诗的寻言.西南师范大学学报(社会科学版),1990(4):89-96.

(11)黑格尔.美学.北京:商务印书馆,1979:22-23.

(12)苏珊·朗格.艺术问题.南京:南京出版社,2006:160.

后　记

　　这部书稿是我多年所从事的研究课题的成果总集,主要内容是尝试运用语言学的方法,从词法、句法、篇法、格法等方面探讨杜甫诗歌的语言艺术。全部的研究成果都曾以论文的形式先后发表于《杜甫研究学刊》《中国文学研究》《井冈山大学学报(社会科学版)》等学术刊物。这次再版之前,我在首版的基础上作了一些必要的整合与修改。细心的读者也许还会发现书中仍保留着一些论文写作的痕迹,体例上显得还不够严谨。但如果要作更彻底的改写还存在着一定的困难,敬祈读者见谅。

　　本书的再版得到了学校领导与有关部门的大力支持,得到了许多师友的热情鼓励。在此谨一并表示我诚挚的谢意。

韩晓光

2024 年 6 月于品竹轩